寒玉堂集

溥儒◎著

马秀娟 石芳 崔丽娟◎点校

花山文艺出版社

河北·石家庄

图书在版编目（CIP）数据

寒玉堂集 / 溥儒著 ; 马秀娟，石芳，崔丽娟点校. -- 石家庄 : 花山文艺出版社，2019.12
ISBN 978-7-5511-1248-2

Ⅰ. ①寒… Ⅱ. ①溥… ②马… ③石… ④崔… Ⅲ. ①诗集－中国－近代 Ⅳ. ①I222.75

中国版本图书馆CIP数据核字(2019)第290198号

书　　名：寒玉堂集
HANYUTANG JI
著　　者：溥　儒
点　　校：马秀娟　石　芳　崔丽娟

责任编辑：郝卫国
责任校对：齐　欣
美术编辑：胡彤亮
出版发行：花山文艺出版社（邮政编码：050061）
（河北省石家庄市友谊北大街330号）
销售热线：0311-88643221/29/31/32/26
传　　真：0311-88643235
印　　刷：三河弘翰印务有限公司
经　　销：新华书店
开　　本：880×1230　1/32
印　　张：14.25
字　　数：180千字
版　　次：2019年12月第1版
2019年12月第1次印刷
书　　号：ISBN 978-7-5511-1248-2
定　　价：48.00元

前言

溥儒（一八九六——一九六三），原名爱新觉罗·溥儒，初字仲衡，改字心畬，号羲皇上人、西山逸士，别署旧王孙，印名流浪王孙，斋名寒玉堂。清道光皇帝旻宁曾孙，恭亲王奕䜣之孙，贝勒载滢之子，宣统皇帝之从兄。他天生颖悟，博览群书，十五岁入北京贵胄法政学堂，十九岁留学德国柏林大学，获天文学博士和生物学博士，三十三岁时应聘到日本讲学，任日本京都大学教授。然而，溥儒先生饮誉海内外的却非这些，而是他在经史、诗词、书法、绘画等方面的深厚造诣。他把诗、书、画融于一纸，珠联璧合，相得益彰，人称诗、书、画『三绝』。在二十世纪四十年代有『南张北溥』之美誉，南张指张大千，北溥为溥心畬，各领丹青之风骚。一九四九年，溥儒先生赴台后主要从事教育工作，不仅在台湾师范大学艺术系教书而且还在家收徒授课，研习诗、书、画，直至终老，终成为一代最杰出的诗书画大师之一。溥儒先生一生笔耕不辍，主要著作有《西山集》《南游记》《凝碧余音词》《寒玉堂文集》《寒玉堂画论》《经籍择言》《尔雅释言经证》《毛诗经义集证》《慈训纂证》《六书辨证》《华林云叶》《上方山志》《秦汉瓦当文字考》《陶文释义》《吉金考文》《汉碑集解》等。

手写本《寒玉堂集》为河北大学独家收藏从未刊行问世的孤本。该诗集为线装巾箱本，两册一函。函套以花色织锦作面，做工精细，每册以绢包角，丝线装订，封面为淡青色，上洒金色，似碎金铺面。书高十一·三厘米，宽六·七厘米，如手掌大小，版框高六·三厘米，宽四·一厘米，天头地角宽阔爽目。边栏为蓝色花边栏，宽〇·四五厘米，印有禽兽图案。版心为对鱼尾，无文字。半叶六行，行十四字，注双行，每行二十八字，如小米粒般。全书文字均为蝇头小楷墨笔手书，楷法谨严，精妙无比。卷首题『寒玉堂集 西山逸士溥儒著』。诗集分上下两卷，以诗题计算，共收诗作三百七十余篇，四百余首。全书无序跋和目录。《寒玉堂集》具有重要的文学价值和艺术价值。

一、《寒玉堂集》内容丰富，展示了溥儒先生咏物感事的情怀逸趣。《寒玉堂集》写于一九一五年至一九四〇年之间，正是溥儒先生二十岁至四十五岁精力充沛、风华正茂的青壮年时期。诗的内容很丰富，有溥儒先生隐居在距京四十公里处的西山戒台寺时的游历；有与师友海印上人等唱酬忆念情景；有与画友张大千、溥雪斋等书画合作的深厚友谊；有与清代遗老陈宝琛、章一山等诗书交往；有对花鸟鱼虫的咏赞以及反映当时社会现实之诗歌等。

清代宗室的诗多数流于形式而缺乏深刻的感情，这是一般通病。溥儒先生之诗，难免带些这种成份，但他以深刻的思想，恬淡的胸襟，充实的学问，深厚的诗功，缠绵的情感自成一家。溥儒先生的诗主要是学唐人，如杜甫、王维、孟浩然、柳宗元等，《寒玉堂集》这部诗作即有明显的唐诗风韵。诗家评曰：『心畬诗之轻灵闲雅者，如山泉滴晓，莺声转春。』在经历过战乱的悲惨体验后，他的诗作更为深湛，感伤的气氛很重，常流露出故国之思。张目寒先生评心畬先生诗文：『古体宗汉魏，近体擅盛唐，以身经丧乱，苍凉勃郁，如杜少陵蜀中诸作。文则出入汉魏六朝，谨严宏肆，轶丽典则，自是当代大手笔。溥先生足以当之。』

二、《寒玉堂集》全部用蝇头正楷亲笔书写，书法精妙，意匠天成，令人叹为观止。

溥儒先生从小学习书法，始习颜柳大楷，临颜鲁公《中兴颂》，萧梁碑额，魏郑文公石刻，兼习篆隶书，初写泰山，峄山秦碑，石鼓文，史晨诸碑等，可谓五体皆备，尤以楷书和行书为著。一般认为溥儒先生的正楷多得力于唐代裴休的《圭峰禅师碑》，裴休与柳公权属于同一时代的书法家。《圭峰碑》字体在欧柳之间，笔法严谨，结构精密，实为晚唐杰出正楷。溥儒先生早年正楷，用笔清劲峻拔，深得圭峰碑之神髓。晚年所书大楷已经融合了柳公权《玄秘塔》的书风，更为圆劲饱满，用笔的精妙准确，足以傲视当代。《寒玉堂集》用蝇头正楷写成，集汉唐宋人之大成，又有溥公风格，是溥儒先生小楷之代表作。虽是蝇头小字（个别字如小米粒大小），皆是楷法精严，工整秀雅，意匠天成，令人叹为观止，宛然大家风范。其小楷被时人评为『五百年来第一人』，是明朝大书画家文徵明以降的第一高手，罗敬箴先生认为《寒玉堂集》蝇头小楷艺术便是很好的注脚。

溥儒先生，作为一代杰出的诗书画大师，在中国现代美术史上曾产生过巨大的影响。而其在古典诗歌创作方面，仍有可观的艺术成就。手写本《寒玉堂集》不仅保存了他大量鲜为人知的作品，而且从诗书的结合方面提供了难得的文本，具有很高的文献价值、版本价值和艺术鉴赏价值，它是研究我国近代诗人及诗坛创作的珍贵文献，也是极富审美情趣的艺术珍品。

我们这次影印出版《寒玉堂集》，既传本又扬学，使溥儒先生的《寒玉堂集》化身千百，嘉惠学人。不但使读者可以饱览大师之作，也使更多的人知道溥心畬这位艺术大师，领略其清新逸趣的诗作，欣赏其秀雅爽劲、超放飘逸的书法，特别是为书法爱好者提供优秀的临习范本。

《寒玉堂集》的整理点校工作遵循古籍整理的一般规则。原本中异体字、俗体字，一般用通行字代替，有特殊意义的一般予以保留。原本中明显的抄误、倒错及避讳缺省字，径自改之，不出校记。原书中模糊不清或缺字者用『□』标识。限于点校者的学识，舛错在所难免，尚祈斧正。

在《寒玉堂集》的整理研究中，河北大学图书馆的罗敬箴、张峻亭先生做出重要贡献，在其出版过程中受到学校领导、馆领导以及赵林涛教授支持指导，特此感谢。

目录

寒玉堂集卷上 西山逸士溥儒著……三〇一

原文

寒玉堂集卷上

西山逸士溥　儒著

擬古六首

芃芃窗下蘭，鬱鬱園中葵。光色春夏茂，枝葉何葳蕤。白露下衆草，盛衰隨時移。來日不可見，去日曷可追。草木

懷貞心安知有榮萎孰謝彼之子言
采將何為
自我抱幽寂足不踐市城今聞故園
木萎萎不復榮三徑亦已荒深草沒
前楹人生貴適志胡為愛榮名顧言
盡尊酒常醉無時醒

春風履原隰忽然變葱蒨朝雲下喬木衆壑曦光浄鮮林散浮煙流彩自相映忘言坐前軒鳴琴慰幽寛奇松挺孤標矯矯幽岩陰清風振衆籟靈岫巍且深鸞鶴高翔遊棲止無下禽匪因霜雪寒焉知抱貞心

脩竹悦朝日冉冉生吾廬飄風脱枯葉枝枝自扶疏山川發奇姿清響來相娱含真樂天趣徘徊聆琴書閑情淡容與緬懷羲皇初

昔我邁孤往入山遂不歸考槃在西澗明月來荆扉鳴琴送征雁夕嶽流

煙霏幽賞愜素心尚寐無相違

塞下曲

戍樓煙斷草萋萋萬里寒冰裂馬蹄
聞道漢家開戰壘邊沙如雪玉關西

舜祠（在歷山）

濟南城下明湖水取薦重華廟裏神

寂寞空祠叢竹淚九嶷深處望何人

山居

柴門對遠山秋雲淡相疊幽禽下斷巖空庭踏黄葉

憶故園

孤客登臨萬里臺河聲哀壯入銜杯

秋來亦有嘉州感況是黄花無處開

秘魔崖

連林出斷巖蕭蕭積秋雨下視蒼溟深樸人隔煙語

金陵懷古

玳瑁梁空罷玉尊六朝金粉已成塵

平湖風柳蕭蕭在不見當年度曲人
方山木落景蕭蕭柳岸菱塘覆野橋
王氣南朝消歇盡不堪重聽石城謡
楊柳蕭疏覆葦花水西門外石橋斜
荒煙冷雨深深地傳是南朝江令家
遠岸蒹葭水國分一聲鳴雁隔江雲

石橋年少風流絶，誰唱當年白練裙。
蕭瑟垂楊集暮鴉，故宮菡萏夕陽斜。
荒亭誰弔昇元閣，青冢猶悲張麗華。
白苎歌殘桂棹輕，柳堤不見石橋橫。
荒城滿目無禾黍，惆悵登樓故國情。

竹素園

古堞出暗林縈迴隱高竒堰上風雨
來前湖隔煙霧

登封臺

岱宗封禪罷玉檢至今傳不見相如
賦空悲元鼎年漢武封禪在元封年實啟于獲鼎紀元也

壺天閣

石磴連雲起盤迴入杳冥鳥飛愁不下低首望空青

聞性真上人圓寂憮然有作

重扃禪榻寂孤塔石幢寒玉軫冰絃絶泠泠不復彈（上人善琴）松風響空廚木葉零高閣行矣雁門

僧寒更殘雪落

壬戌九日西山懷印上人

斜月扁舟煙水青橫江吹笛夜冥冥
孤帆遠破黃陵雨風木蕭蕭滿洞庭

望諸君墓

華表縱橫委路旁平原秋草故城荒

報書一上無歸日高樹悲風古范陽

贈泰山宋乙濤道士

星壇花落蕊珠經童子焚香侍座聽萬里碧空迴羽駕天風吹鶴夜冥冥

題卧佛寺

古院斜陽照薜蘿疎林霜歇雁聲過

碑亭木落黄昏雨吹入西風可奈何

平原道中

郭門連岱嶽山色俯青齊瘦馬嘶邊雨黄河繞大隄野人收苜蓿破巷閉蒿藜井里無炊火終年斷鼓鼙

山雪

今夜澗齋冷幽尊湛芳冽習習林下
風蕭蕭北窗雪遠塞飛鳥没湅浦孤
舟歇灘木寂衆響巖雲互相越緬憶
羲皇人鳴琴慰高潔

李陵

李陵辭漢闕生降不復歸河梁别時

淚辛苦上胡衣

桑乾漲

昨夜桑乾渡風波𧃍客舟君看盤峽

日猶似下黄牛

山寺月

空岩閟寒景幽棲淡塵事風掠黄楂

林月上寒山寺所懷青松下高人抱琴至

秋日寄伯凡

把袂一爲别飄零積歲年衣冠散兵火凡弟隔風煙雁去秋霜外書來暮雨前離心與歸夢日夜海雲邊

甲子秋日将出山感懷

天風吹河漢列星西南馳香飄月中桂空階露華滋嶺上白雲不相待秋光欲盡歸莫遲

渡桑乾河

古戍秋風白草鳴胡笳吹月落邊聲

桑乾田望天如水萬里寒沙匹馬行

遣興

黄葉隨霜氣青山憶舊過歸來一憑
弔空館夕陽多宿雨飄魚罶秋風冷
雀羅江潭悲落木庾信意如何

九日

九日園中會西風祇獨寒登高望秋雨霜葉未曾看城中未見楓薛荔隨孤杖茱萸挂小冠關山戍戎馬東去路漫漫

送外舅吉甫制軍出關

渭水東流入亂山秦兵卷甲一時還灞陵夜宿無人識木落秋高出武關

奔行在所

兵戈連禁省，夜火入天燒。溝壑臣無補，牛羊賊尚驕。殿空銅狄泣，書落紙爲遥。艱瘁西平業，人間久寂寥。

憶西山未歸

一别招提境，趦趄竟若何。青山歸處

少芳草去時多澗水穿喬木溪雲帶女蘿經年擯道帙深負采薇歌

城寺聞鈴憶西山草堂

招提經夜雨庭際落清音遠憶西峯寺千山雲正深響驚楓浦雁寒起薊門砧自愧棲棲者空勞故國心

寄郭觳貽

近聞郭有道高隱定如何湘水思無極湘雲愁更多吟詩存甲子晞髮對山河棧欲從君去衡門問薜蘿

題蒼虬侍郎畫松

飄泊陳生老清歌變楚辭灑將憂國

淚寫入歲寒枝直節誰能見高才世
豈知君看畫中竒猶得及明時

乙丑暮春懷湖南諸子

連江春草碧萋萋遠客還家聽鼓鼙
去雁已飛遼水上故人多在洞庭西
高原背日邊沙暗獨戍臨關古木齊

落月孤猿正相憶寄書迢遞隔雲霓

暮春園中花

淺淡殘紅可奈何芳園春盡客中過
憑君莫問南來雁柳葉空塘積漸多

登玉泉山塔

邊月關山遠寒煙浦漵分秋風吹落

雁已過萬重雲

園夜

園林霽寒景涼風起薄暮微雲抗高館藤蘿上空鼓考槃西山陲河廣不可渡潛鱗依舊潭哀鴻漸中陸幽懷日已遠曦光安得住

秋夜

庭柯覆寒落緐響忽已歇清波迴洞
房流光皎如雪涼風動羣籟夜靜商
聲發三星在我宇浮雲自踰越瑤琴
有嘉音覽此林間月

贈劉腴深遺民

楚國多名勝，曾將惠遠遊。荒亭飛木葉，江雁喚孤舟。雲起荆門合，天低漢水流。巾瓶散何處，瞻眺不勝愁。

乙丑立秋

木葉脱寒渚，鳴雁過北塘。飄摇下江瀨，秋菊有餘芳。高風振空坂，河漢夜

蒼蒼月明星斗稀城郭正相望念彼行役人哀此關山長

懷海印上人

自我遯空谷俯仰無四鄰倚杖嘯孤木邈若羲皇人與君一為別仳離常苦辛飄風不終朝宿雨難及晨所貴

宣明德豈必形骸親冥冥孤飛鳶眇
眇潛淵鱗心知不相見苦言安能申

憶海印上人

遠公今已没苦志尚堪哀未悟黄梅
熟空瞻白雁來魂飛遼海月詩散楚
王臺欲哭空桑下荒碑蔓古苔

秋夜

河漢生微雲高風振虛壁今茲懷百
憂孤景邁寒夕蛩鳴亦在宇百卉相
催積庭柯動清籟華池已澄碧鴻雁
東南飛音響越明澤孤客起中夜端
居憶疇昔

九日邁矣西風寒矣流目庭柯
生意盡矣仲宣作賦嗣宗詠
詩豈曰文藻惟以永志

江漢白露下寒天九月時芙蓉落空
館蒹葭散平池絡緯無餘聲節序忽
已移繁謝有終極英華豈常滋薄言

至東原松菊向朝曦林風鳴素秋衆
卉相離披白駒在空谷日月寢已馳
逝者亦何悲生死安能辭長懷謝時
世言采商山芝

桑乾送別

沙明水落雁聲寒萬里長城駐馬看

別後故人相憶否亂山斜日渡桑乾

再遊潭柘寺

昔時此院經行處一閑風光已十年
花落空堂僧去盡亂山喬木寺門前

讀海印上人白鹿寺題詩

猿啼霜落大江邊空院人來白鹿眠

今日鹿遊人不見楚宮雲雨暮連天

桑乾三首

白草無邊接塞空薊門千里曉濛濛

雪中移帳嘶征馬磧上嗚笳起朔風

北風吹雁過寒山聞道單于夜出關

笳鼓無聲邊月苦胡沙萬里絶人還

慘淡黃雲起朔風，秦城邐迤度邊鴻。
桑乾落日行人少，牧馬平沙秋草中。

酈亭

沙磧蒼茫接塞垣，連年征戰鼓聲喧。
千山盡繞桑乾水，片瓦猶名酈道元。

詠大覺寺木蘭（迦陵國師手植）

暘臺山路曉煙蒼入寺無人滿地霜
蔓草又生僧去後木蘭如雪覆空堂

荒郊見古冢

崢嶸北原道幽窈連高墳空城歸鳥
亂喬木凝寒雲灌莽越阡陌主客安
能分壁劍久飛去鳴玉不相聞已無

庾信銘亦少惠連文延陵不復作誰知報徐君

詠熱河魚石

潭魚辭故淵羣来石上戲惠子不知魚安能識魚意漾漾泛文藻溪光轉幽媚垂綸安可希河渠託遐寄

東蒼虬侍郎

朔風吹越鳥離客嗟行路木葉送歸舟徘徊望江樹幽蘭發空館雲雨相驅鶩泉流無盡期鳴雁時迴顧冥冥關塞寒悽悽歲云暮言懷雲中君山川安能度

詠山中紅葉扇

紅葉裁為扇，高臺拂雲霓。林中一揮手，滿座霜淒淒。如見丹邱子，騎鶴相拈攜。翩翩御長風，俯覽五嶽低。

登北原望長城

木葉來不已，驅馬登高原。長城失險

阻雲霧空飛翻崇山峙幽都達延居
庸樊星光動箕尾桑乾日南奔風鳴
阪泉野中有蚩尤魂驚沙崩涿鹿凍
雪埋寒門不見軒轅臺萬古愁荒垣

詠史

甯戚歌碩鼠短衣干齊君馮煖不得

志彈劍動田文風雲一相會遂使成

奇勳賢愚骨已朽千年不復聞

聞鷓鴣

霜落寒山故國蕪秋風秋雨散菰蒲

雝雝不見南飛雁淺水空塘響鷓鴣

丙寅立秋

蟋蛄在宿莽秋風變喬木下簾彈素琴孤螢拂華燭芙蓉謝江渚百卉萋以綠邊郡何茫茫征人越川陸道里阻且遥歲月忽已促歎逝多傷懷長愁結心曲

秋日望西山不歸

空園媚幽景蒹葭覆寒池永懷河梁别因歌七月詩浮雲方歎逝流水欲通辭秋登仲宣樓葉下淮南枝涼風薄林端杜若零江湄日暮瞻四方棲劍將何之褰裳涉秋水言返西山陲所思不能見永結中心悲

秋夜

冥冥月初落，蕭蕭夜未央。涼風霽微雨，雲漢多秋光。流螢度深竹，湛露零寒塘。清秋節迴換，庭蘭發餘芳。空階望織女，迢迢限河梁。

秋夜獨坐懷劉腴深遺民

星光動秋草，零露滿寒墀。知君在湘浦，千里勞相思。山川不可極，空吟風雨詩。

秋日

澄霞變林靄，飛雁動離聲。孤舟一為別，秋水遠無情。千里共明月，蒼茫江

漢横

寄劉遺民

林皋澹餘景陵阿下殘暉高風振庭柯黄葉辭荆扉鳴琴賦秋水陟山歌采薇倚杖青巖間月落寒蟬稀

題古墓華表

羣山奔合墓門斜慘澹陰風捲白沙華表何年棲鶴去西風吹盡野棠花

憶别海印上人

山木響高秋岩雲逐亂流獨行黄葉寺相送白沙洲杞菊依雙鬓風雲感百憂音書瞻去雁遠寄岳陽樓

前湖

過雁銜寒雨，秋聲蕩百川。荷殘無復蓋，洲晚欲生煙。故國餘喬木，西風感暮年。宮槐正飛葉，寂寞消尊前。

寒蟬

林蟬響積雨，蕭瑟渚煙涼。獨樹餘秋

氣千山正夕陽影隨衡浦葉聲帶蓟門霜鳴雁無消息臨風易感傷

寒螢

螢火隨時序飄零獨爾身故宫生白露夕殿更無人蔓草棲初定衣裳思自親應甘守枯寂不敢羨陽春

和叔明閒居韵

故國青山夕荒園亂木交芙蓉開舊館風雨落空巢荷淨無餘蓋籬斜不繫匏變裏何限意秋氣滿塘坳

和叔明嬾韵

已報侵河朔猶聞破漢陽乾坤竆戰

伐風露戒衣裳病起琴書冷愁來杷
菊荒頹然盡尊酒長醉到羲皇

和叔明漫成

衡門聞落木黃竹散幽叢詩思風雲
外秋心煙雨中廚人燒苦葉稚子劚
寒菘好去期麋鹿林巒意不窮

九日望邊塞

朔風吹白草寒氣動旌旄古戍居庸險雄關碣石高驊騮嘶斷坂鷹隼下空壕閶道收邊郡秋霜上佩刀

登高示叔明弟

九日無風雨高原極暮哀貽王一消

歇野火上空臺古戍平沙遠清秋獨
客來征夫怨行役出塞滿黄埃

憶樂陵李君邑殁

玉樹凋零事可哀樂陵終古雁空來
莫愁蘋藻無人薦秋雨年年弔茂才

夢海印上人

烏啼霜落夜蒼蒼忽夢棲蟾過草堂
欲別不知何處去秋光滿地月如霜

出山海關留別諸子

辭君夜出塞踰越萬重山莽莽風兼
雨蕭蕭邊與關荒臺征戰罷老病幾
人還孤客悲戎馬黄雲古戍間

巨流河

駐馬辭關吏栖栖問所之長途紛雨雪塞水照旌旗沙磧連城雁人煙雜島夷不堪聞鼓角竟夕起邊思

丁卯三月與日本諸公宴芝山

紅葉館以下四十首日本作

海上嘉賓宴衣裳此會難諸侯金馬
貴歌女玉箏寒跪進流霞酒光飛明
月盤天風動環珮雙袖夜珊珊

贈日本大倉男

芳酒開瓊宴蓬山稚集高遺風猶漢
魏古意似離騷海上飛鸞馭尊前落

鳳毛羣公擅詞賦清響勝雲璈

紅葉館雅集

江户連春雨珠簾望翠微羣賢天上集五馬路旁歸紅葉開山館飛花落舞衣會稽詩酒興佳會未應稀

日本即事

玉作秋田縣花為錦帶橋美人吹折柳鳳管夜蕭蕭

題淺草寺。

江國生春水城空石壁開何時黃鶴返終日白雲來我欲從槎客因之問釣臺昔人今不見松栢亦堪哀

春日日本同叔明弟作

雙鸞飄白羽萬里下仙臺三月桃花水風帆片片來尺書天上落孤嶼鏡中開一唱湘靈曲如聞鼓瑟哀

鶴田

鶴鳴不在田方壺松際宿石徑無人

行荒雲橫古木
霧降瀧

雲雨中禪寺長天飛白龍雙鶴如秋
雪來巢萬古松

利根川
天際浮圓影峯如碧玉杯孤帆落秋

水白鶴鏡中來

岳泉寺弔四十七士墓

古木生宿草，空傷過客情。無人蒼海上，伏劍哭田橫。

日暮里

悠悠日暮里，日暮水生愁。欲采芙蓉

去風雨滿沙洲

東照宮（德川墓）

宮殿臨飛鳥將軍寢廟空無由盟踐土大奔起悲風

暮春東京書所見

江户花飛送暮春微茫煙水照行人

巫姬歌舞衣如雪風笛靈絃賽古神

神宫花

神宫玉樹晨風吹之飄雲散
雪灑翰摛藻題贈仙客之來
者

零落令傷過客情雲鬟墜地雪衣輕

女冠受籙驂鸞去瓊樹無人空月明

詠白杜鵑

杜鵑何綽約天上倚雲栽尚帶瑶池雪瀛洲處處開昔年仙已去今日鶴空來欲泛滄溟月扁舟去不回

利根川泛舟

雙舟向霞浦，孤月落中潭。若有魚龍
氣，能教煙霧寒。美人黃竹曲，槎客白
雲冠。咫尺蓬萊水，真宜赴考槃。

與叔明弟宿曉鷄館館臨海

方壺乞靈藥，携手下滄洲。不見赤松
子，空悲碧水流。孤帆開石壁，海氣撼

高樓莫漫窺王母還應近斗牛

別縑浦妓

白露蒹葭遠送行孤帆一望浦雲生

東流不盡刀江水難斷令朝贈珮情

胭脂渡

北浦無人杜若開青天明月碧雲回

千年不見章臺柳，秖有潮聲朝暮來

留別日本諸公

淩滄高挂片帆孤，猶似荊門夜向吳

回首無心望江水，愁雲明月滿蓬壺

送別江樓薰送春，朱絃彈罷獨傷神

明年此夜蓬萊月，滿地清光不見人

客散樓空罷管絃布帆高挂暮雲邊
天風一夜吹愁去直到蓬萊弱水煙

觀妓舞

一曲春枝扇影閒梁塵空望碧雲回
分明曾侍瑶池飲謫向人間歌舞來

夜宴澄霞館

高堂別宴帶寒林匹馬西歸無處尋
也似開元送晁藍青天碧海夜沉沉

夜宴澄霞館觀妓

江曾圍幕府門尚起寒潮勸酒紅顔
醉吟詩翠黛嬌行雲如識曲仙鶴下
吹簫欲來滄波去魚龍夜寂寥

前題

東國蕭蕭雨江城瘴不開酒如金谷宴歌是玉川來彩鳳隨紈扇明霞落鏡臺夜深愁客去紅燭莫相催

觀日本妓小蓮舞

羅襪淩波洛水神小蓮嬌舞上陽春

三絃清怨來何處，一曲秋砧惱殺人。

過江島辨天祠

青天開石壁，遠近海空波。神女傳祠廟，行雲意若何。孫舟凌雨氣，五月挂帆過。欲降鑾車駕，靈旗捲薜蘿。

嵐峽舟行絕句

盤峽亂流中牽舟百丈空舟人望雲
雨愁過楚王宮
鳥道連雲盡川舟引峽長還如杜陵
客五月下瞿塘
亂石湧孤舟波濤出上頭渾如下三
峽不必聽猿愁

寄田邊先生二首

暮春風雨别横濱，欲送雙魚寄隱淪。
只恐辭家乘鶴去，武州雲水覓何人。

錦帆高挂拂虹霓，萬里滄溟向客低。
何必扁舟望煙水，浮雲不到海門西。

延歷寺（在比叡山。日本有僧最澄者，朝於唐，學天台宗，歸建叢林於此）

延歷山中青荒碑上碧苔傳經歸海
嶠求法向天台白虎何時返青蓮闕
不聞無由窺半偈遺跡使人哀

清水寺（寺供清水觀音）

峻嶺疑無路靈巖若可尋蒼茫清女
寺終古海潮音梅熟空禪性蓮香喻

道心慈航今不見漁火隔煙深

渡硯海寄田邊

煙封蒼茫繞峽低落花飛盡子規啼白雲不鎖關門水一夜風帆過海西

贈妓

欲道前期未有期片時相見忽相離

天涯何處無芳草更賦新詩却寄誰

聽朝鮮官妓歌相思羽衣曲

景陽宮井事茫茫舊曲歌來恐斷腸
春殿祇今成蔓草羅衣何處舞秦王

一曲相思韵最哀雪衣雲鬟共徘徊
似將天寶無窮恨吹向山陽笛裏來

歸次長城

北去應如庾信哀關山蒼莽客空迴
豈知飲馬今無塞舊說盧龍尚有臺
沙磧連天邊水合中原落日羽書來
懸軍臨險興亡地蛇鳥風雲望不開

望秦關

羌笛蕭蕭馬上聽邊雲莽莽客中經
秋來胡騎窺烽火西望秦關草不青

秋夜

攬衣對寒景曠宇秋氣深蟋蟀亦何
悲中夜揚繁音嫋嫋入空曲切切房
中吟疏楹矚流火微月升幽林鳴蜩

知天寒悵響越高岑棧心匪轉石憂
怨孰能任

送田邊華

古戍西風萬仞山綈袍橫劍下榆關
不須飲馬長城窟朔月邊雲送客還

津門道中

古道泥沙淺平原景物悽寒舟林木下積水縣門西村女窺荒井津民問舊棲莫投雲際宿正有夜鳴啼

天津漁父

蘆中之人秋稻衣自言鷗鷺久忘機風帆漁浦尋常去今日真看海水飛

津門訪李處士放故居

辭世何心逐令威，薜蘿猶在主人非
故交亦有延陵劍，挂向空林淚滿衣

路旁柳

塞上凋殘生意盡，江潭悽愴復如何
共言攀折多離恨，今日無人恨更多

丁卯嘉平重客津門求海公吟詩之地無復知者愴然而賦

黝笠飄然去玉津數年離散隔煙塵

葛沽依舊生秋水亂後題詩無一人

上人西山寄妙嚴居士詩西山夜雨津亭夢直送潮聲到葛沽

經津門海光寺故址

碣石爲橋柳破牆津門兵火故城荒
牧入繫馬分芻豆傳是當年舊板堂

過李氏舊館

石崇賓客散如雲珮玉鳴箏總不聞
老婦龍鍾頭似雪出門求典碧羅裙

望六聘山弔霍原故居

蒼蒼孤山雲莽莽范陽道大野曠無垠白草何悲浩驅車遠行邁弔古黄沙邊其人今不見牧馬嘶空田正平亦何罪世亂安能全悲哉二釁水今爲東逝川

上方茅庵

竹裏招提徑空林落鳳毛上方黄葉下孤磬白雲高茅舍聞談偈松門見

挂瓢寒陵一片石遺跡説前朝

登蓮華臺絶頂

龍潭龍已去孤客尚登臺拒馬寒光

起中條秋色來振衣林葉下飛錫峡

雲開雙峽中間傳為華嚴驅龍之處北望韓公跡三城空暮埃華嚴禪師萬歲通天時遇張仁愿於幽州

十方院

遠公飛遯客經歲閉岩廬古木知僧臘荒碑紀竹書石甃黄獨熟甕牖白雲疏蕭瑟無行跡空庭草不除

上方山二首

結茅傍幽壑，入門生遠情。千峯霽秋雨，孤館有餘清。灌木滋衆緑，奇芳表寒榮。駕言采薇蕨，晨夕空山行。

衆木轉幽谷，連山上寒日。晨風吹天雲，微茫萬峯出。蒼蒼上方麓，渺渺征

禽疾盤盤望摘星沉沉見兜率暮色蔽丹林鳴鐘發奥室遐觀荒陽野曠莽秋蕭瑟

峻極殿 在摘星屹絶頂

峻極何年殿高標多烈風龍圖懸碧落鴟吻上蒼穹星動燈藏壁虹飛棟

駕空千山迴合盡關塞曉濛濛

題米友仁楚山秋霽圖

尺素生秋水蒼茫浦溆分尚含千嶂雨疑落萬峰雲江上鳴瑶瑟崖前識隱君清猿聲斷續應是隔溪聞

再題米友仁楚山秋霽圖

渺天風雨洞庭秋曉見峰巒翠色浮
吳楚白雲千萬里茫茫何處岳陽樓

自題秋峽片帆圖

落日千山暮色開片帆東下海門回
秋江秋峽猿聲急巴水無邊天上來

夜聞蝟啼而惡之

蜩啼亦何急荒園月落初青蠅彈不易鵩鳥賦何如攬袂聽豐草長吟掩夜書空言歌碩鼠去汝復躊躇

翡翠

髡柳鳴秋風露稀暮蟬蕭瑟帶斜暉明朝隨雁瀟湘去無向秋塘冷處飛

詠翡翠和叔明弟韻

珠樹臨風翠影移，啼煙拂水傍秋池。釵禽不返生閨怨（韋莊詞：釵上翠禽應不返），江客重來感別離。雕檻空餘紅稻粒，羽衣應恨碧雲期。側聞南國無喬木，莫更低垂憶舊枝。

秋園

園花謝朝雨空塘變秋木絡緯啼荒井微霜散秋菊澄潭日蕭瑟潛雲媚幽獨秋懷渺無極征鴻在川陸

喜雨

沙起桑乾瘴登臺夕照收乾坤來暮

雨關塞忽清秋幕燕棲無定蒸雲濕
不流石床涼意滿應得夢滄洲

熱

蛟龍令失水神女下空臺愁見風沙
起應無雲雨來竹林籠暑重蒸葉背
陽開顧得冬之夜羲娥莫漫囬

滙通詞

背郭人家火叢寺古堠邊牧人歌往事社鼓賽何年水落紛斜徑林空足暮煙心知耆舊盡猶聞鹿門泉

自題畫山水

澗水鳴山館霜林接釣臺高風茅舍

在秋氣大江來雁外斜陽遠鷗邊霽色開晨朝采薇蕨應向白雲隈

曉渡桑乾

曉月邊沙照紫騮征夫渡馬向并州千山東下天如幕雲捲桑乾入塞流

漁浦

水落魚罾冷移舟采白蘋遥知秋浦
月愁殺浣紗人柳色青娥黛荷花紅
粉新還憐越溪女素手膾銀鱗

過慈壽寺故址在八里莊明慈聖太后建今圮

高臺搖落九蓮燈后夢中受九蓮經後建九蓮閣下馬行人
拜古塍宮殿莫愁生蔓草松楸已滿

十三陵

華表縱橫木葉哀羊牛日夕下空臺
雙槐道是宮前尌不見中官祭酒来

秋夜書懷

連雨響寒夕木葉有悲音華洛凝清
光残荷辭翠禽中庭遽已淨微風揚

素襟百卉變秋節蟋蟀牀下吟雖雖南飛雁寄之江水心

秋日寄劉腴深遺民

搖落寒天暮高風入塞聞瀟湘應過雁江漢正思君古戍邊聲急重岩葉色分移家向何處空寄嶺頭雲

夜坐即景

端居感遲暮況見霜葉零方塘澄碧波庭柯挂繁星焉知變寒暑坐失林中青遥遥怨修夜落落瞻秋螢

少年行

邊地桃花雪後開鳴弦躍馬出黄埃

感恩恥作平原客獨向淮陰市上来

春郊試馬

躍馬咸陽意氣高青絲玉勒拂拳毛
驕行直過桃花去片片春風白錦袍

自題紅葉仕女

紗窗寂寞井梧寒小立空庭翠袖單

似向秋風怨紅葉暗拈羅帶背人看

自題梧桐仕女

莫愁堂下宋牆東金井闌干度晚風
清怨畫來渾不似寄將梧葉月明中

桑乾

馬邑欄前木葉秋邊風吹水繞關流

沉沙折戟三千里天塹連雲十二州

燕市見故人李放遺書

李放移家去不還空留書卷落人間心知死别無歸日遼海秋風萬仞山

塞上送别

蕭蕭胡雁落寒風秋色蒼然四望空

馬首西來人不見沉堪揮淚入雲中

題秋江晚霽圖

楚雨無邊過釣磯江風蕭瑟白雲稀扁舟漁父歸何晚卧盡斜陽送雁飛

九日懷陳仁先侍郎

豈謂相思久移家何所之空悲江月

落不與菊花期去國遺民淚登高遂客詩憐君風木意應是鬢成絲侍郎未終三年之喪

東道不通

明月西飛遼海灣不聞諸將唱刀環瀋陽八月秋風起祇有邊鴻夜度關

詠寒林積雪

向夕動初霽邂逅山中客稷雨變蒙
密晨風日蕭瑟片水帶孤青微雲生
遠白槲葉有清音繁枝澹無色積雪
滿空山何處袁安宅

題落花遊魚圖

晴波瀲灧澄白沙參差菱荇臨風斜

雙魚不識冶春去御河猶戲昭陽花

自題秋景畫

暮雨初收霽景開千山重疊水縈迴夕陽亭外秋聲急木葉無邊雁欲來

題彊村校詞圖

衡門棲隱處秋色滿蒼苔江表逢茲

歲應同庾信哀特際戊辰曝書黃葉下引几白雲來故國遺民在空憐擅賦才

塞上送別

黃雲慘澹飛白沙胡兒夜起吹寒笳
昭王臺前送君去下馬欲飲空咨嗟
西風八月居庸道蒼茫滿地黃蘆草

朔雁皆從沙磧飛征人多向壓中老
平原秋草暮連雲匹馬高歌此送君
雪壓征鞍五花色霜拂寶劍七星文
征人夜傍沙邊宿萬里荒雲極遥目
莫聽琵琶出塞聲聲聲盡作關山曲

虚峡秋聲

高天闇落木寥闊夜猿哀五月巴江水秋聲繞峽來挂帆推石壁行雨但空臺朝暮雲安縣蕭森瘴不開

自題山水

江風下空壁江水復清淺當軒寫秋色誰謂荊門遠木客隱幽谷楓林表

絶巘浩然懷吾廬雲壑何時返

紫丁香

嗟汝知春早曾爲上苑花亂開礽碎月散綺旋成霞豔色臨妝鏡柔香出絳紗東風吹不去羞入莫愁家

水中樓影

凌漢欝崔嵬涵虛勢壯哉彩虹流不斷明月照空來畫棟隨波散珠簾倚鏡開側聞蛟室近魴鯉莫相猜

題清媛夫人畫山水卷

江雨濛濛山四圍江亭獨客送斜暉玉臺閒寫空林色無限秋雲筆底飛

秋水無邊木葉疏故山猿鶴近何如
他時莫負西峯約夜雨寒窗伴讀書

黄河

天作龍門險淵淵出帝邱何年沈白
馬終古但黄流積石猶悲壯靈源信
阻脩山河嗟已變浩蕩失皇州

題永興墓甎

君不見桓靈之政如垂堂忠諫塞路賢夷傷三輔千門久荆棘許城西北河茫茫（文曰於許城西北三里）隴畝千年常不改斷土崩埏至今在官舍無人問故阡（文曰亡於官舍又曰去西阡四十步）薤露浮雲竟誰待當時送葬歸

荒地廣輪揜坎無明器轜車應少輓歌行抔土何曾識官吏（文曰去吏董頳冢八十步）使君臨穴聲莫哀恐有跋扈將軍來（漢桓帝永興二年梁冀方為大將軍未誅）

題畫

衰草橫陂暮色蒼紛紛霜葉下空塘

蟬聲響盡無行客只有寒流送夕陽

賦得烏江懷古

滚滚東流水何年變楚聲天亡雖不

逝兵散季成名火滅荒原寂雲飛戰

壘平猶聞謝亭長不復渡江行

桑乾水漲

邊塞秋多雨，桑乾日夜奔。荒原思禹跡，斷岸似龍門。雲霧連山色，泥沙雜浪痕。兵戈猶未息，倚杖向空村。

漢瓦歌 瓦出關中，文曰盜瓦者死

漢家三輔開黃圖，當時萬瓦勞征輸。削木爲吏民趦趄，法令無乃出郅都。

毀瓦畫墁古所愚千里致此胡爲乎
蕭樊因繫周魏韋竊鈎之罪良可誅
千門萬户成邱墟歌風臺荒啼夜烏

月下聞蟬

雲漢霽霖雨草木殊未寒高閣吟迴
風延佇聽鳴蟬庭陰動蒙窗越響正

清發空階寂無人流光坐來歇秋懷不可期含情對華月

桃花馬

萬里風沙縞素閒邊關飛度絶塵埃桃花亂下崑崙氷破虜將軍洗馬來

題黄嵩木孝子劍川圖

艱瘁滇黔路秦兵入寇年棧雲盤句

雪蜀道上青天爲客寒猿外思親杜

宇前尚悲遊子淚揮灑瘴江煙

昭君墓

雪幰冰旗胡馬肥漢家千里送明妃

珮環委地生青草朔雁南来無處飛

題醉道士圖

雙袖凌虛步紫煙道人歸卧碧桃前
可憐一夜瑶池飲不踏滄江五百年

題畫

黄葉無邊滿石磯疎藤古木夕陽稀
采薇人去西風晚秋色蕭條空雁飛

野塘蕭瑟對題詩，一片斜陽萬柳絲。
坐久不知秋色晚，空林落葉已多時。

題磐石城圖 磐石城在蜀江中雲安涂氏聚族而居防寇亂也

黃巾猶未息，白馬尚縱横。轉地江為
塹，連山玉作城。懸軍能守險，羣盗憚
加兵。割據無成事，空勞戰伐名。

詠吳孝女

女孝貴養親古稱嬰兒子至性遂傷
生孝思胡若此小於曹娥年乃同曹
娥死哀哀蓼莪詩三賦從茲始

詠松

抱穴寒濤急臨巖碧影流雲飛秦代

色鶴訝漢時秋百尺殊風雨千尋近
斗牛莫隨笙吹去真與赤松遊

為劉朕深作松陰覓句圖

絕代衡門隱歸來問薜蘿歲寒松不
改世亂句如何故國烽煙久空山雨
雪多懷沙無限意吟望入悲歌

送朱隘園歸廣州時兩粵方亂

天地兵戈滿君今入廣州四郊多戰壘孤客帶邊愁海國生秋氣京華異舊遊翻飛鵬鶚志歸作稻粱謀

寒玉堂集卷上終

寒玉堂集卷下

西山逸士溥 儒著

遊極樂寺

平原蔓草碧於煙門對寒流夜泊船頭白貞元朝士在尚零清淚過堂前野棠花落杜鵑啼池苑無人草色萋

依舊斜陽送流水寒山萬點寺門西

西郊

煙生蘆荻水明湖依舊清光滿帝都林下遺民望　巡狩片雲寒雨似蒼梧

津門道中

遺民猶賦黍離哀，江雁蕭蕭正北回。
七十二沽如渭水，百官今日幾人來。

津門弔故人李放

曾向衡門賦采薇，飄然常帶女蘿衣。
王喬劍去風流遠，任昉門闌車馬稀。
四海已無人共語，九原祇有夢相依。

延陵別後秋風起，隴樹蕭蕭葉自飛。

天津雜詩

雲斷津門雁已無，蘆臺寒夜響鵁鶄。
相思欲寄雙魚去，春水桃花滿直沽。
楊柳青青發櫂歌，宓妃羅韈欲凌波。
妾家住近孤雲寺，惟問行雲意若何。

處處高樓送暮春楊花三月滿天津鯉魚灣下桃花水不見雙魚寄玉人孫棹衡波起脊令遡游南下露香汀卷簾嬌殺旗亭女猶唱城西楊柳青楊柳青曲名

幾家蕭瑟住横塘世亂民窮亦可傷

喬木已無官舍盡行人猶問水西莊

畫雪寄鄒涵齋遺民

衡門畫雪寄袁安深谷爲陵漢臘殘

莫更淮南悲木葉中條山色不勝寒

自題水墨達摩像

杖錫飛行入帝都衆𧙗著破棄雙忌

逢人莫問西來意秋水虚空葦亦無

哭黄申甫

曾聞劍珮出秦關白髮如霜尚未還

落月浮雲空櫬去那堪不見玉京山

送涂子歸雲安省母

送客不能别念君將遠征雲安飛木

葉巴水動秋聲危棧青天逈高堂白髮明臨歧遊子淚不祇故鄉情

薊門天欲雪匹馬悵離羣親老難爲客時危又送君猿聲連急峽鳥道入寒雲正恐嗟行役萊衣莫暫分

雪夜同叔明作

北風生前夕，微霰集寒墀。幽懷忽不樂，空吟雨雪詩。虞淵不可極，雲漢以爲朔。庭柯瞻積雪，皓然久參差。不如桃李樹，揺落君空悲。

雪晴望月

月來雪初霽，寒光正揺漾。簷首無纖

雲天地皆殊狀榆柳影時越池臺寂相望海上孤鴻滅河嶽多清曠攬衣欲乘風中宵發惆悵

題梁文忠公書卷

白髮悲禾黍孤忠欲向天敝袍燕草色荒冢茂陵邊淚盡空山裏魂歸杜

宇前獨憐憂　社稷不見中興年

懷劉腴深遺民

古意河梁別浮雲日夕還春生范陽

樹雁過井陘關余亦悲戎馬因之間

險艱衡門不相見落月萬重山

贈周乜遊盤谷

送君向盤谷，應登舞劍臺。滄海無壯士，白雲去悠哉。渺渺雁飛急，冥冥猿嘯哀。邊風折菀柳，宮闕生蒿萊。閶郎多古意，倚馬休徘徊。昔人不復作，極目空黃埃。

題畫

瓊枝交影照朱顏欲采繁英手自攀
只恐東風零落盡暗留春色上雲鬟

簪花

冰綃半幅界烏絲玉管新添白苎詞
珍重一杯芳菊酒小窗零雨說相思

飲酒

聞百花山女道士楊清風壽百

二十歲幽棲遐舉余在西山望

見其峯壑欲往從之臨風遥贈

羽衣何翩翩餐霞不計年花冠帶飛

雪雙袖凌朝煙蕭然萬壑松長風吹

夜絃蕙帳挂明月瑶水生秋蓮人間

聞笙鶴遥憶嶔崟巔
阿母吹簫女朝真坐工臺鶴依雲際
宿花向月邊開冷霧迷黃竹天風歸
綠苔化為青鳥去朝暮過蓬萊遥禮
空山向翠微彩雲輕拂薜蘿衣天風
吹落千峰月鶴在星壇尚未歸

題魏太和專 文曰合邑十五人共造浮屠下瘞寶錢後有得者爲作佛事

割據山河迹已陳，何年搜索出荊榛。
北朝陵廟無抔土，起塔空思十五人。

綠牡丹

沈香亭外曉開時，風墜雲鬟露壓枝。
春盡已無青鳥使，妝成應恨綠衣詩。

似隨芳草迎鸞馭，暗逐垂楊滿鳳池
聞道洛陽車馬散倚闌人去尚堪思

輓多羅特文忠公

討賊旌旄建登壇幕府開曾驅回紇
馬萬騎入秦來天塹飛能渡雄關勢
可摧　廟堂方罷戰遺恨古今哀

慷慨圖　王室窮邊萬里行孤臣謀不用一旅事何成落日思秦隴秋風散旆旌英靈亦已遠瞻拜淚縱橫

落葉四首同腴深遺民作

昔日千門萬户開愁聞落葉下金臺寒生易水荆卿去秋滿江南庾信哀

西苑花飛春已盡，上林蒔冷雁空來。
平明奉帚人頭白，五柞宮前蔓碧苔。
微霜昨夜薊門過，玉樹飄零恨若何。
楚客離騷吟木葉，越人清怨寄江波。
不須搖落愁風雨，誰實摧傷假斧柯。
衰謝仲宣堪作賦，暮年喪亂入悲歌。

蕭蕭影下長門殿湛湛秋生太液池
宋玉招魂猶故國袁安流涕此何時
洞房環珮傷心曲落葉哀蟬入夢思
莫遣情人怨遥夜玉階明月照空枝
葉下江皋蕙草殘登樓極目起長歎
雁門霜落青山遠榆塞秋高白露寒

當日西陲徼萬馬蚤時南内散千官
少陵野老憂君國奔問寧知行路難

重遊延壽寺懷性真上人上人工草書善鼓琴

惠遠歸何處重來法會堂寒生蕭寺
蔚葉下贊公房禪榻琴書在閑門杷
菊荒欲彈招鶴曲明月滿空廊

贈章一山太史

臣甫心悲杜宇前，卜居無處問筳篿。
滄溟卧聽魚龍夜，邊塞孤征鳥亂天。
射策曾經元鼎日，去官忽際永嘉年。
白頭庾信空蕭瑟，流涕逢人說北遷。

腴深遺民寄海印上人遺稿感

賦

漢水襄陵地時水㦰未已 秦山破碎時曾傳
遠公語還寄雁門詩歌鳳知風變亰
魚覺淚滋西山與楓浦來往更無期
寄劉腴深歸自嶽麓
湘水蕭蕭木葉疏麓山風雨似匡廬

何時更乘浮雲去，回雁峯前數寄書。

題寄秣陵人

劉郎落月萬重山，北雁南飛尚不還。
我寄白雲黄葉句，秋風吹入秣陵關。

聞劉腴深歸自嶽麓遥寄

桂棹横江水，知君懷采薇。長沙今夜

月應照薜蘿衣黃鶴何時去青鸞空
復歸歸來望衡嶽還見彩雲飛

寄郭穀貽遺民

朔風吹白雁遠障楚江流苦憶中條
隱空思北渚秋嶽雲終不散湘水尚
離憂萬木逢搖落高寒上庾樓

題李香君象

歌散雕梁玉委塵夕陽芳草帀江濱
傷心扇上桃花色猶是秦淮舊日春

壬申暮春園中即事

臨風照水不成妝深下珠簾罷舉觴
玉笛吹殘春去盡空階碎影月如霜

弔日本田邊華

三湘七澤客曾遊白浪摇天接塞秋

昔日挂帆人已去月明星落大江流

復憶仙山白玉臺雲中朝暮綺筵開

碧堂三月詩如錦春水桃花天上來

懷蜀人張爰

青天連蜀道蜀客此中行來去三巴
水秋風滿錦城雲霄方異路江漢未
休兵正有南飛雁遥憐獨夜情

遊石經山雷音洞

巍巍勾帶山皚皚東峯雪函經龍所
守千春閟崖穴冒是錮南山石檻何

年折真源了不聞妙義誰能揭三藏
五千卷韞匵無摧缺七洞亦奚為安
能盡緇澠顧瞻空崖間松風正淒絶

宿雲居寺

青青香樹林鬱鬱金仙塔五代征戰
餘千年變僧臘中有浮圖銘石墨流

響榻五臺若培塿（雲居五峯曰五臺）清泉寺門匝叢篁集羣雀罘罳隱寒鴿山堂耿不眠清鐘夜相答

題東峯石室

上方依水木巖屋石窗疏雨灑楞伽字苔封貝葉書毫光人不見梵語義

何如釋子逃禪久相逢問鹿車

恭題山道中

范陽多古寺瀑水日潺潺匹馬征秋草孤雲帶遠山沙連平野盡雁背夕陽還百戰關河在悲歌古戍間

恭題山觀金仙公主碑

千山連絶塞縹渺起飛樓帝子何年
降荒碑異代愁雲軿去不逐芳樹滿
離憂飲馬桑乾水空來弔古郎

雲居寺望金仙公主塔

青天留斷壁萬古壯幽燕起塔開元
日藏經大業年石穿金粟字雲散水

衡錢西望懷王毋登臺意邈然

望雲居寺上方

朔雁倚邊風停驂問梵宮飛甍黃葉外香樹白雲中（山中昔生香樹今香樹庵具遺迹也）二水秋光淨千山暝色空寺門鐘梵寂應與上方同

壬申九日

天高露下菊花期，節序潛驚有所思。
九塞風雲生鼓角，五陵煙樹望旌旗。
雁聲北落孤城遠，秋氣東來匹馬遲。
行盡邊山非故國，登樓王粲淚如絲。

弔長沙程十髮

亂後聞高隱匡廬舊草堂離情懷屈宋愁思滿瀟湘為客荊門遠招魂楚水長新詩哀郢意把卷一沾裳

和劉腴深學博除夕見懷韵

絶塞軍書急雄關王氣收蒼涼悲故國浩蕩失皇州豈意南冠客寒燈獨

夜愁乾坤今已變莫上岳陽樓

送蒼虬出關

悲君復行役遠送暮雲間絕國人誰
去長城馬不還朔風生碣石天險失
重關莫問遼東客相逢盡苦顏

寄懷蒼虬侍郎遼東

雪滿秦關路風生易水波此行思贈
策彈鋏莫空歌趙客輕毛遂荆人失
下和音書愁不達奇計近如何

寄章一山左丞移居貢院

近聞章太史移宅傍龍門獨抱蘇卿
節能酬漢主恩關心驚鼓角愁眼望

乾坤憶話桓靈事綈袍滿淚痕

癸酉三月詠花寄何梅生

草碧岐王宅春生庾信家月明芳樹
靜煙冷玉枝斜舊苑仍啼鳥空庭更
落花去年君憶否相望隔天涯

園中暮春和清媛夫人韵

芳樹花開嬌上春月華拂袖纖生塵
空枝滿地寒無影愁殺花前月下人

詠園中海棠

高館開瓊宴懸燈倚絳紗當春千樹
雪照夜百重霞歌詠慚康樂江山似
永嘉東風吹若去應拂五雲車

暮春宴萃錦園會風寄一山左丞

蒼然望八表飄風逐雲來當軒吹落花層陰凝不開如何金谷酒坐對歌風臺相如居客右倚劍空徘徊但爲陽春曲無使歌聲哀

園中海棠頗盛花時遊履恒滿既已凋謝巾車杳然獨對綠陰慨然有作

落花辭芳樹窈窕難為榮玉階一夜雨方塘春水生東風吹衆草飄然滿前楹遐哉梁園客矯矯集羣英萬言

倚馬才辨有雕龍聲瑶尊明月光碧
如淮水清繁華一消謝嘉筵遂不成
長風引舟楫悵望懷蓬瀛安得迴日
車惜此芳菲情

三月

三月垂楊柳朱樓花正開羣公天上

集五馬日邊來屈宋傳文藻鄒枚擅
賦才高堂春去盡絃管盡堪哀

自題花蝶紈扇

碧葉葳蕤拂檻橫玉階煙露帶愁生
無端寫出滕王蝶一樣春風便有情

題董小宛病榻圖

鴛鴦瓦冷白雲秋，聽盡西風不上樓。當日縱無亡國恨，哀蟬落葉亦堪愁。

自題畫猿

啼雲度秋峽，亂山青不已。蘿帶生悲風，月印前溪水。

題畫

亂石倚危梁，帶碉礙行跡，欲得山中
人共此風雨夕

送叔明弟出關

送君繫孤劍，東出長安門，心懷式微
篇，非酬國士恩，悲風振中野，大漠愁
雲翻，落日照秦城，驚沙白日昏，滄海

不改色碣石今尚存人生多險艱身畀道益尊興亡歸駿命富貴何足論

遊金山寶藏寺山在玉泉北以產金名明永樂間西域僧道深來棲起蒼雪庵有玉華池談經室諸勝跡

會臺臨絕巘西域化人家石澗空蒼雪靈泉冷玉華談經留石碣起塔布

金沙誰識西來意，孤峯駐落霞。

遊東嶽廟

地接仙都近，門連鳳闕開。獨憐青鳥使，曾見翠華來。琪樹生丹井，瓊花繞古臺。風鈴經世變，松吹盡堪哀。

遊拈花寺贈全朗上人

孫客來初地從師問死生真源了無
悟大道若為名卧柳窺荒井飛簷向
古城松風天際落吹散轉經聲

詠倒挂么鳳

小苑秋光露未晞桐間時見片雲飛
却疑織女支機石銀漢高寒挂彩衣

和蒼虬侍郎夜雨不寐原韵

去年此會傷君别，曾賦新詩獨贈言。
落月天涯何處望，名園亂後幾家存。
邊沙白草秋多雨，關塞青楓夜返魂。
遠道艱難來不易，相看勞苦異寒溫。

和蒼虬侍郎題予霜園冷艷圖

原韵

暮年為客庾蘭成，岸芷江蘺倍有情。
水殿風來秋自落，玉階人去露初生。
飄零木葉歸何處，采擷寒花不問名。
憔悴杜陵驚歲晚，滄江卧病眼猶明。
霜園秋色更淒然，冷艷香沉宿雨前。

故國空尋青草地殊方吟盡夕陽天
重來阿監悲青瑣不返釵鈿怨翠鈿
柳岸菱塘正蕭瑟西風木葉落無邊

秋日寄蒼虬

薊門煙樹感離居碣石雲飛見報書
邊月遠隨沙苑馬秋風應憶武昌魚

西山蒼翠千重雨北斗高寒萬象虛
正有扁舟不歸去楚天渺渺更愁予

題越溪春色圖

門對寒流夏木清碧天時見片雲行
峯頭孤月看猶落誰共滄浪賦濯纓

自題畫鷺鷥

雪衣拂岸影參差魚浦煙深冷釣絲
落盡荷花江色暮滿天風雨立多時

乙亥送猶女芝歸星浦

亂世離鄉國艱危匹馬從邊行衛雨
雪海宿犯蛟龍星浦霜初落秦關路
不通還憐遠兄弟送汝意無窮

喜章一山左丞至

兵伐苦未息，少别亦霑衣。江漢沙猶漲，邊城雨尚稀。夢隨孤月落，心逐斷雲飛。霜鬢多如此，何堪賦式微。

寄伯兄星浦

山川如可越，豈復憚登臨。春草池塘

夢黄榆沙塞心風雲方異色天地動
悲吟不寢聞秋雁寒燈入夜深

送客出塞、

朔風吹去馬慷慨送君行白草無春
色黄沙起塞聲荒陵初落雁孤客向
邊城不見歆魚藻空勞遠别情

寄遼東諸子

木葉驚連雨登樓客望哀浮雲終北去秋色自東來吳楚江猶漲關山險盡開諸君思報國應賫運籌才

清媛畫松似西山草堂前者爲補煙巒并題以詩

縞衣椎髻對梁鴻，自有蕭然林下風。
似寓西山偕隱意，殷勤為寫掛瓢松。
黄獨長鑱手自鋤，雲山回首十年初。
何當更掃青苔徑，重向衡門挽鹿車。

訪故山僧不遇

靈崖過雨夕陽收，石徑連雲客舊遊。

今日尋師不相見半潭黄葉數峯秋

蛺蝶花實

色似朝霞映花同蛺蝶飛子成疑剖

蚌待月脱珠衣

顛當

豈有明駝足何年錫此名不如莎雞

羽努力作秋聲

菌

朝菌青苔上託根乃如此願隨蘭蕙
生不同荊棘死

蜂

微物知時節穿花去不休亦如洽上

雁辛苦稻粱謀

長生果俗名落花生

黄花紛隴畔，綠葉散平疇。若得青門種，應同感故侯。

九日寶藏寺登高作

山館抗高秋，塔勢出雲表。歸鴻振晚

音清光起寒治咫尺變風雲八方異昏曉變樹倚華池潛鱗媚幽香危邦乃絶遊茲山可臨眺

忠樟行

法相寺在南高峯下寺門古樟鵬翔蛟立不知何代物也

高宗南巡賜御碑焉辛亥歲

十二月　遜政詔下前一日

晴明以風樟橋死陳蒼虬侍

御作忠樟圖遜賦是篇

浙江潮撼南峯碎老木横生出崖背

霜根蟠地走立僵摧風排雨摩青蒼

高標不與檜同性爲龍直欲從先皇鑾輿巡狩思疇昔駘蕩春風被恩澤百世方滋雨露仁豈知石殷生荊棘川沸山崩天柱傾斷節傷根血猶碧臣甫下拜拜且圖和汝長歌淚霑臆望之不敢懸素壁夜半如聞鬼神

泣

陳散原諸公遊陶然亭未果從也分韵賦得一字

孤鴻遼海至歸飛亦何疾臨河不能濟天下嗟如一虞淵安可期浮雲蔽白日吾黨二三子探幽訪兜率連林

古堞長接葉青山出言尋遼金銘披烟踏崩聖寺有遼壽昌金天會經幢平居意不愜藜床坐穿膝佳遊閒苦晚中車遂相失大澤起悲風蒼葭正蕭瑟

題紅葉仕女

丹桂飄香散玉墀無端秋夕起相思

蟬聲雁影皆清怨，紅樹斜陽獨立時。

題高雲麓侍讀蒼茫獨詠圖

國破還家意若何，蒼茫獨詠向巖阿。
吳江楓落斜陽晚，應比靈均淚更多。
岸芷汀蘭何處尋，青山睎髮不勝簪。
悲歌殊異漸離筑，烈日青霜鑒此心。

公鎸小印曰

烈日青霜

恭題　孝欽太后御筆山水

雲漢昭回五色章　九重染翰想虞

唐鳳凰枝上堯年露煥發猶為日月

光

仙掌高峯蔚紫霞蓬壺草木氣清華

分明畫裏商巖客，不見生賢賚帝家。

、題端溪蓮花瀨鵁研爲清媛夫人壽

鹿車歸去濯塵纓，結髮曾爲玉石盟。寄語西峰舊猿鶴，鷗波猶似在山清

大覺寺觀花題壁

寥落前朝寺，垂楊拂路塵。山連三晉雨，花接几邊春。舊院僧何在，高臺迹尚陳。閒來尋白石，況有孟家鄰。

白孔雀并序

白孔雀出於天竺，致自東海

含章東德鸞鳳之儔也顧瞻
雲路傷翮氣盡感其仳儷作
為是詩

靈囿依珠樹聯翩玉影齊衡花亭洛
外夢月海雲西漢使傳青鳥秦人訪
碧雞雪衣分鶴露素練拂鴻泥豈是

殊方貢非關上苑棲流沙迷故國垂翅絳霄低

垂楊

湖上春風鳳闕西遶城楊柳帶烟齊吹簫人去朱樓改無復飛花逐馬蹄

題畫

木葉水泠泠秋風下石層寒潭夜來
雨不見故山僧

題趙山木詩卷

不見高人舊草堂斷橋殘柳亦堪傷
西山墓樹秋風起亂後無人弔夕陽

丙子秋日哭伯兄兼送弟出關

邊秋季行役落葉天下寒征雁斷長
城悲風動榆關伯也久居夷中道多
險艱仳離豈同穴滄海浮一棺先嫂柩在
膠東風雲失際會義和難復還墓木成
鄧林魂魄終不安何處哭孤墳崔嵬
碣石間

憶弟

帝鄉不可見碣石萬重山遠塞日無
色長城人未還亂離生白髮憂患損
朱顏何似西峯住雲深莫叩關

丙子九日陪夏閏庵太守登高
作

金臺遥與鳳城連，閶闔千門夕照邊。
湛湛江楓悲楚客，蕭蕭宮樹泣銅仙。
青山落帽秋風外，白髮銜杯木葉前。
閒庵年八十餘此會淒涼殊洛社，微吟空記
義熙年。

自題洞庭遠景圖

片帆朝發挂残星楓葉蕭蕭滿洞庭
斷雁浮空飛不盡遠山一髮接天青

題仙山樓閣

羣峯如玉落尊前雪繞蓬臺欲化煙
何處仙人騎白鶴樓臺倒影鏡中天

題畫三首

遼天霜雁鳴幽壑潛蛟舞松竹發寒聲荒亭散秋雨

木葉零寒雨溪橋漲碧流衡門無過客松菊義熙秋策杖踏秋色平林獨去遲遐觀白雲際應賦考槃詩

題畫寄章一山左丞

石徑西風槲葉深高原策杖獨登臨
峯巒却似王官谷何限秋風落日心

題僧院幽居圖

梵閣經聲滿松窗客夢孤波光臨夕
照魚藻上浮圖

閒腴深遺民移家入山爲作山居圖以詩寄之

時危思避地羨子入山深閒倚青楓樹時時爲白雲吟泉聲清鶴夢松韻靜琴音余亦耽微尚高歌懷故林

題英石峯

安得巖前百丈松蓬窗咫尺翠重重
欲將謝朓驚人句携上秋雲太華峯

答章一山左丞

荒園何所有霜葉在寒枝已歎山河
改還驚節序移秋蟬停岸柳晚鵲聚
空池昔別春芳歇凋残君不知

西山多黄櫨巖谷皆是九月尋
之已零落矣
黄櫨滿巖谷霜後已無多況復空山
晚高風吹若何欲尋枯樹賦深賦采
薇歌榮瘁隨時序閑門冷雀羅
極樂寺觀文官花送蒼虬出關

返照残紅散綺霞，隨風飄去落誰家。
如何送別春風裏，行盡邊關無此花。

詠極樂寺丈官花

湖山落鏡中，雲錦散虛空。花墮僧房雨，枝搖鹿苑風。平臺多古意，芳樹滿殘紅。幾日清陰發，籠煙繞梵宮。

暮春極樂寺懷蒼虬遼東

燕山青接梵王臺，水殿逶迤倒影開。
萬里春風連苑起，几邊寒雨度關來。
時危送客聞吹角，花盡思君罷舉杯。
途遠報書憑朔雁，長城東望暮雲哀。

題雪景畫

遠岫無歸鳥孤峯生暮寒虛堂多冷
意況是卧袁安

戰後孤城登望

落日沉雕畫角哀蒼茫何處集賢臺
遼天望斷邊關路不見單于萬馬來
古戍臨邊暮色低千家蕭瑟夜烏啼

登城不見桑乾水，斜日雲橫太白西

西山水中望昆明湖作

秋登北原上，亂山青不已。雲氣從西來，驟雨失遥沚。朝霞鑑全波，長虹隮盈咫。堯碑尚巍峩，（高宗御製萬壽山昆明湖記碑在湖上）禹功在茲水。應殊石虎殿，荊棘何

披靡靈臺氏所思周道曾如砥九嶷渺難及瀟湘悲萬里虞舜不復還蒼梧夜猿起

秋日西山登望

雲散西巖月清秋萬里情桑乾飛白練不見范陽城大漠殊風雨神州尚

甲兵亂山建易水慷慨弔荊卿

登靈巖寺玉塔

孤塔出靈巖登臨集秋靄天風吹巖雲勢與中峰斷飛簷摘星斗高標接河漢俯仰異陰晴宇宙成殊觀片句桑乾水尺碧靈波殷甘棠美名伯金

臺集英彥荆卿胥已朽易水無人餞
王者迹亦熄霸圖久銷散哀哉東逝
川古人今不見

訪玉泉靈巖寺

憂時攬八極慽慽靡所從雲生太白
顛雨過西南峰巖林澄客心嵐洽變

塵容煙翠泛空曲泉氣蒸孤松何年
避暑殿但見青芙蓉山頂舊有芙蓉殿金章宗避暑
處石室引秋蘿荒寺停霜鐘寒潭漱
玉泉其下潛蛟龍雙栝已半死乃與
忠樟同舟艫何時冷雲碓無人舂還
山嗟已晚仰止懷仙蹤上有呂公洞相傳呂公棲

真於
此

玉泉山下泛舟作

天風吹孫鳳已失青桐林舉世無成
連誰能知此心山雲鬱寒雨峯巘成
亢陰林端明月來秋氣如江濤歷歷
變喬木落落鳴踈砧孫舟泛菱藻朔

雁飛愁音所懷巖穴士猿鶴相招尋
含光慕遐舉考槃西山岑

裂帛湖瞻望

高臺搖落後霜葉滿荒祠古木遭周
道靈巖閟禹碑露盤空月殿雲錦散
秋池何處聞蘆管臨風響益悲

峽雪琴音

玉階青瑣散斜陽破壁秋風草木長
惟有西山終不改尚分蒼翠入空廊

登高懷古

古道臨邊水平原入暮雲薊邱沉落
日空吊望諸君

遠望

郡邑浮雲合山川夕照哀諸侯征戰
地辛苦賂秦來

畫眉山 山生石黛全時宮中畫眉用之

石徑西風木葉違前朝遺事妝人知
可憐無改青山色畫盡宮眉代已移

西山秋望寄蒼虬遼東

絕巘登臨近塞隅，天圍平野斷山孤。
寒光欲漲桑乾水，雲氣還生督亢圖。
古戍月明殘壘在，高臺金盡故城蕪。
尺書遠寄南冠客，極目秦邊落雁都。

玉泉亭上

飛簷臨絶巘雲氣溽青松幽杳空潭

曲何年起蟄龍

壽張豫泉提學八十

昔聞避地隱江濱海内文章動鬼神

周顗同懷南渡恨蘭成不作北朝臣

黄冠合向蓬山住公辛亥後白髮

羅浮酥醪觀

能留洛社春莫道著書銷歲月栖栖

一代古何人

贈豫泉提學

庾信文章歷宋傳公有松柏山房駢體文鈔陳午樵先生序之以為不減徐庾羅浮曾與赤松遊採薇

歌罷歸來晚晞髮空山天地秋曾向

羅浮餐紫霞江關詞賦憶京華不堪
雙鬢如秋雪親見銅仙辭漢家

百年陵谷片時間絶勝長沙去不還
松柏後凋公自有故人翻説傾南山

題畫

白雲天際影徘徊雲外斜陽霽色開

千樹桃花萬條柳，春風齊過越溪來。

題古木寒禽圖

磵雪迴風帶女蘿，冥冥擇木向喬柯。
碧桃落盡春芳歇，集菀珍禽竟若何。

登玉泉山望卧龍岡

卧龍雲氣渡河秋，天際桑乾日夜流。

故國關山人出塞，孤城風雨客登樓。
黄沙慘澹唐三輔，青瑣凋殘漢五侯。
舊苑無人來牧馬，平明吹角動邊愁。

題墨贈章一山左丞 墨琴形銘曰玉鳳凰

亂世無家似范滂，孤臣相憶鬢如霜。
白雲嶺上何堪贈，衹寄琴心玉鳳凰。

玉泉山下泛舟遇雨

夏雲天際重空翠滿南塘驟雨翻魚罶斜風斷雁行垂綸牽荇藻擊棹起鴛鴦五月吹蘆管池臺晚易涼

憶西山草堂寄章一山左丞

古人招隱士此意更誰同幾輩歌朝

露何人賦谷風遥知三徑裏已發菊花叢林下思猿鶴應悲蕙帳空

晚晴寄章一山左丞

霽色消連雨登舟愛晚晴葦間殘照落林際斷虹明波定魚還躍雲移鷺不驚期君濠濮上共此惠莊情

别弟游極樂寺

玉河春盡日西斜依舊垂楊見暮鴉
有弟今朝秣陵去不堪重賦寺門花

重遊卧佛寺

亂後招提徑重來景物荒丹楓秋不
落白菊冷猶香欲訪寒陵石空悲説

法堂還餘梵王樹萬古鬱蒼蒼

詠桜欏樹

百尺排雲雨千山夕照開龍文近斗宿黛色鬱風雷不逐青牛去曾隨白馬來唐時桜欏樹來自天竺所嗟梁木壞敢望濟時才

潭柘山岫雲寺

帝子臨湘渚，君王拜竹宫。寺有元世祖妙嚴公主像。柘枯金殿冷，龍去石潭空。古桔藏朝雨，靈旗捲暮風。上方鐘磬晚，鳥道隔煙重。

自題終南進士出遊圖

敝袍橫劍氣如雲縷步歸來已半醺
山鬼相從盡童僕不須空作送窮文

題雪齋宗兄畫馬

昔日邊關從貳師暮年伏櫪憶驅馳
不如且縱黃金勒豐色平林任所之

題雪齋宗兄秋江釣艇扇面

江楓石上落紛紛鳴雁飛聲送客聞棧夢扁舟明月裏蘆花淺水釣秋雲

夏夜

湖上蟲聲急懸燈夜不眠月中來似雨風裡散如煙顧作秋霖賦愁為雲漢篇西峯多水石歸卧定何年

漢長陵雙瓦歌文曰長陵東當長陵西神

秦璽還宮祖龍死墓隧乃與三泉通一朝崤函失險阻赤帝受命王關中卯金王氣銷沉久馬鬣之封復何有玉魚金盌盡成塵虎踞龍蟠安足守虞舜南巡去不還二妃淚灑蒼梧間

至今洞庭張樂地九嶷瞻望空雲山
甘泉長樂西風早千門落日終南道
行人欲拜漢文陵匹馬荒原向秋草
漢家寢廟勢淩雲當時遷徙徒紛紛
遂使黔黎怨徭役苛政無乃如嬴秦
宮中置酒悲楚舞劉呂雌雄已千古

誰憐片瓦歷滄桑尚見長陵一杯土
采裂帛湖中凌霜葉寄章一山
左丞
草木承　恩澤猶知守歲寒祇宜靈
苑種眞合廟儒餐汲水求金井盈禮
薦玉盤孤臣在津浦遠寄碧琅玕

秦瓦歌

天使范雎西入秦為驅穰侯涇陽君
遠交近攻譬蠶食六國戰伐何紛紛
羽陽槖泉連苑起涇渭千年送流水
詩歌黃鳥哀三良秦誓蒹葭空已矣
驪山北走如雲馳阿房已動諸侯師

峭函之險不能守秦兵雖衆焉用之
楚人一炬陵為谷斷瓦零煙纏草木
幾時搜索出陳倉留向人間重圭玉
漢長毋相忘瓦歌
韓信生不為真王悲哉鳥盡良弓藏
山河帶礪等虛語何况片瓦埋風霜

漢宣故劍猶難保，鉤弋斑姬何足道
甘泉宮裏已無人，相思殿外生秋草
千樹花開嬌上林，從遊陪輦奉恩深
茂陵只歎南歸雁，文君亦感白頭吟
長楊五柞知何處，翠袖朱顔散塵霧
團扇迎風久棄捐，千金空買長門賦

詠僊瓦 唐易州龍興寺瓦寺杞老君

片瓦唐時寺荒涼成古邱函關去不返易水至今流畫壁丹青落靈壇草木秋高臺望仙意遺跡入邊愁

東海路大荒布衣以漢永元專見貽歌以報之

路予布衣天下士海上貽栰齊東專是時漢道久凌替孝和嗣位猶冲年中宮鄧后得太姒尊信儒術親才賢憶昔辛亥建酉月大盜移國心滔天惜無斧鉞誅竇憲望吉歎息桓靈前永元紀年銘九字埏埴已過金石堅

千里致此若圭璧報之愧少瓊瑤篇

漢泰靈嘉神瓦歌

漢并天下無國事望仙臺高望仙至天子郊壇祀泰一神降嘉生集休瑞漢書郊祀志曰天神貴者泰一又曰民神異業敬而不黷故神降之嘉生應劭曰嘉穀也昔年明月栽為瓦長安農夫

耕出者不復從龍飛上天但隨白骨

埋荒野瑶池青鳥何時返輪臺下詔

嗟已晚徒罷方士誅文成豈如此瓦

得長生

七月二十三日湖工泛舟聞笛

凌波浮桂棹一葉鏡中遊不見青霄

月空懷白鷺洲瀟湘聞去雁天地忽驚秋況復清商發淒涼警客愁

秋日感興寄章一山左丞

國破兵猶戰烽烟處處焚囂然思作亂引領望明君江漢誰能賦收京不可聞空悲南去雁歲歲渡河汾

秋日有懷雪齋宗兄

湖上聞歸雁秋風寄所思共朝薇蕨
志敢忘棣華詩喪亂才難用艱危節
自持脊令原上望流涕此何時

西山秋望

燕山低暮雨秋色滿千家野鶩分寒

水驚鴻起亂沙塞雲連地盡邊月向關斜南渡興亡事登臨憶永嘉

九月湖上泛舟

楓林搖片月白露變繁霜維舟倚寒渚水木多秋光蕭蕭折葭葦宿雁驚南翔憑軒賦魚藻瑤琴發清商疏星

明碧波微雲繞河梁臨流慕佳景幽賞無相忘

題湖邊折枝紅葉

昔年天上倚雲栽玉露凋殘亦可哀
今日湖邊同折柳萬峰秋色入簾來

答雪齋貽湘管筆

李白生花筆風流今尚傳兔毫垂桂露龍竹染秋煙國破思文獻時危守簡編欲題雲錦字佳會渺何年

詠雲麓侍講家黄楊開花同章

一山左丞作

君不見香水院前引駕松斧斤斷折

青芙蓉（香山引駕松金章宗所封近遭剪伐）又不見玉泉山中古雙栝凋殘乃與忠樟同黄楊苦短性堅正歲寒枝葉猶青蔥雲麓光宣舊朝士重彼凌霜寓微意嘉木貞心可表忠瓦全移向前朝寺崔嵬松柏皆後凋爾獨危閏傷孤標

古來賢哲亦如此蹈越憂患心煩勞
左邱失明有國語屈原放逐為離騷
三百年後得此士痛哭晞髮君門遙
自我還山採薇蕨獨抱霜根守枯節
何以黃楊能作花江上虛堂散春雪

題湖邊卧柳

經春尚摇落悽愴似江潯湖岸多風雨何年起上林

詠湖上黄柳

鬱鬱黄楊樹繁陰傍聖湖貞心翻厄閏天意果何如裁軫文猶在宋朱長文廣楊詩寸枝裁作軫可助舜南風凌霜氣自殊豈同隄

上柳終作轉蓬孤

詠玉泉山巖下白榆

嘉木當春發文禽日日來樹從天上種葉向水邊開飛莢依靈洛垂陰覆古菭他年薄雲漢待起栢梁臺

將訪章一山左丞津門阻兵晝

梅寄贈

聞道津門行路難，思君相隔碧雲端。
江山故國無春色，海嶠孤臣守歲寒。
落落渾如霜後發，冥冥疑向月中看。
一枝遠寄陶彭澤，獨卧蓬窗漢臘殘。

玉帶橋西為乾隆時延賞齋

故址左右廊壁皆耕織圖石刻，環植以桑。庚申之役，鞠為茂草，齋廊石刻無復存矣。

桑麻已盡柳青青，日暮褰舟過此亭。
雨後西湖生蔓草，披尋不見射堂銘。
用唐孫樵事

叔明弟自鬻家雕相餉喜而有作

少陵天寶逢亂世，白日憶弟看雲眠。與君咫尺若千里，卜居背郭殊風煙。子由洛下賦新筍蘇子由除日寄子瞻詩同爲洛中吏相去不盈尺濁醪幸分季新筍可餉伯何況調鼎親梅鹽祇謂憂患識荼苦鸞刀縷切鶩飴甘斯才小用已如是割鷄之喻聞尼宣時危嗟予季行役僕痡室邈誠迍邅亦同簞瓢在陋巷士非有守誰能然孝勣燎鬓顮衰暮所幸俱健非殘年天下之清信可待會須夜飲開瓊

蹤

余去年隱居湖上藏梨作醯泥封月餘忽成旨酒飲之而甘今歲復作梨多轉成醯焉瞻依湖山感興賦此

去年作醯醯成酒缾罄添泉夜呼婦

今年作酒酒成醽寒原白露尋秋梨

滿眼湖山對風雨八月九月霜淒淒

我生之初蒙　名見拜舞曾上排雲

殿儒生五月蒙　賜頭品頂戴隨先祖恭忠親王入　朝謝　恩三歲

後　名見離宮　賜金帛　豈圖未報　君親恩徒

望龍髯泣弓劍　曾祖成皇御宇日

垂裳已定西陲亂儉德頻聞補　御衣減膳還傳罷宵宴百年世變國步移萬姓何罪悲流離殷憂啟聖信帝理天道剝復誰能知他時收京復神器揚觶前曰儒敢斯厄父千鍾耳不醉舞陽卮酒安足辭

蟚蜞

蟚蜞寄文蛤，託身比華屋。俯仰一宇宙，飽食同龜伏。海上避沙鷗，波間免魚腹。譬彼林下士，幽居傍巖谷。明哲在知機，亂世遠憂辱。

水母

水母蝦爲目浮沉滄海中蓬蓬桂蘋藻泛泛隨西東一朝爲人得鼎俎付其影見危而不持潛去無餘蹤焉用彼爲相君子慎所從

珊瑚

沙蟲何時化昭王南征時焉知變玉

樹嬝嬝交柯枝石崇金谷園漢武昆明池平生一片藻身後連城資明時雖見重朽骨安能知

烏賊

烏賊遊淺沼噴墨保其軀海客引舟楫遵墨以求魚小智禍之媒具智將

何如蟜蟜潛淵鱗，冥冥遠江湖化為
鵾與鵬扶搖上雲衢

古矢鏃歌

鐵華繡澀朱殷結，云是沙場戰時血
南風不競多死聲，秦舟已焚志猶烈
狐虛風變翼箕張，龍蛇之旗凌風翔

嬴秦以之畢大王董澤之蒲金僕姑穿楊貫札今何如隨城爭野戰未已高臺轉眼成邱墟君不見胡公平生一斗鏃換得唐家千鍾粟弧矢不以威四夷月黑天陰聞鬼哭

瓦餅行出易水

薊邱千山下寒日高臺傾盡黄金空
燕姬蛾眉委霜草誰憐斷綆悲秋風
百戰幽燕變陵谷世移代異出何晚
不見荆卿督亢圖登車一去無時返

古缶行

澠池之會古未有趙王鼓瑟秦王缶

搏髀嗚嗚真秦聲斯也取諫言何醜
丙寅此器出咸陽建初之尺七寸强
文如嶧山變詛楚望之非晋非齊梁
虎踞龍騰重八分張懷瓘八分書贊龍虎騰踞兮勢非
一旗入埏埴典刑存識與無復西京
古祇祝延年利子孫

小鏡 圓逕寸銘曰位至三公蓋漢鏡也

小鏡出秋水茫茫漢魏年明如四更月圓若五銖錢鳳舞金閨裏龍盤玉殿前不因朱紱繫飛去彩雲邊

大風寺樓登望

朔雁避荒磧蒼然望洲渚元陰盤烈

風八方盡無雨崩雲勢欲奔驚沙來
不已誦彼雲漢詩應龍何時起
宿廣化寺寄章一山左丞
朝搴法苑花暮泛滄洲柂連林轉雲
路華池瀲澄碧冥冥玉繩高落落瑶
殿夕庭際俯喬松斯焉樂泉石伊人

不可期臨風坐相憶眄彼孤飛鳶芳洲起寒色

孟春至廣化寺

青陽變寒節春鳩止喬木遵渚歸鴻雁空塘波始渌靈境響雲旗松風動華燭濯液懷八水空桑懔三宿高僧

跡遂遠殘碑泯芳躅

詠廣化寺楸

嘉木生初地淩雲上寒空繽紛疑祇
樹瑤影多清風落日在虞淵流彩如
垂虹霜根託淨域生意終無窮豈若
江邊桑轉燭隨秋蓬

廣化寺禪院望月懷湘中劉映深遺民

靈苑川上淨雙樹雲中開珠林祕寶笈貝葉紛華臺天宇無纖雲皓月空徘徊君書似黄鶴邈然殊未來鴻雁日已遠瞻望心悠哉

題錦菱塘 在廣化寺前

方塘開淨域，景物宜清秋。蒹葭皎如雪，川上日悠悠。垂楊傍斜岸，芙蓉散芳洲。曹溪古時水，今日猶東流。虛空望雲樹，倒影波中浮。西涯不可極，登臨翻百憂。

題廣化寺壁

夕舟纜宿蕃鳴鐘，度林樾寒殿迴松。風瑶階上華月，楊柽發洲渚零露滋。薇蕨百年兹始壇，碑銘緬前哲攬衣。耿不眠庭花皎如雪。

贈陳紫綸太史

玉山上人鑿池種蓮賦詩題贈

汲水僧雲集疏塘積亂沙何時秋浦月來照鏡中花碧樹圓陰合朱樓倒影斜心悲陵谷變猶見梵王家

亂雲

亂雲天易霽水色瀲餘霞一院春將

去雙楸病尚花癯僧猶住錫孤客已無家惟有蕭蕭柳臨風送暮鴉

古劍行

劍銘鳥篆文四字在其臘以周尺度之長三尺上士之所服也

昆吾刻篆盤蝌蚪三尺龍泉作雷吼垂虹流火蘊青蒼湛盧去國韜輝光

春秋諸侯無義戰上士之劍應潛藏
虎躍蛟騰何若此百鍊真疑歐冶子
莫贈壯士西入秦奇功不成但空死
碧落秋高北斗懸浩歌彈鋏心茫然
年年故國悲喬木風雨淒涼寶劍篇

高句驪永樂好大王墓甎歌

句驪河水遠西東邊沙捲地生寒風
鼓鼙聲斷戰士死滄江碣石青濛濛
三韓城郭邈何處遺民尚識君王墓
祖龍幽宮焚野火王喬劍去翔狝兔
靈鰲負石勒功勳驅師迅掃如風雲
豈知五胡亂天紀永嘉南渡何紛紛

王生於甲戌，當東晉孝武帝寧康二年，三十九實東晉安帝義熙八年也

川沸山崩無復有荒原斷壁安能久
空教山岳祝王陵百戰奇功應不朽

詠春信侯銅斗 并序

右漢春信侯銅斗柄銘八字
曰春信家銅斗重十兩令權

四兩二錢金石契漢建昭鴈
足鐙銘曰陽平家鐘鼎款識
有周陽侯家鐘武安侯家鈁
此蓋春信侯家器也考漢書
王子侯表功臣外戚侯表郡
國志皆未見賴此銘記以傳

之耳既搨其文並繫以詩

鑄豈封侯日銘思穫鼎年空餘春信

字班史久無傳

詠齊瓶

祖龍昔年制四海長城遠拄臨洮邊

蓬萊三山渺何處東溟碣石悲蒼烟

泰嶽之碑碎如斗嶧山野火嗟無傳
豈若大風表東海百代晚出齊時甎
蛟舞驚雷起幽蟄龍光夜射輝星躔
漢京文字比麟鳳況乃赤帝歌風前
贊皇岐陽典刑在下視急就凡將篇
誰從琅邪得圭璧岱宗空望浮雲顛

詠晋元康鏡

碧繞迴文字鉛華色已陳應憐一片月曾照晋宮人省識春風面空生羅襪塵似傷南渡恨光彩散江濆

楚考烈王劍歌

大王質秦如不歸終為咸陽一布衣

歸來納地雖王楚不如羣臣立賢主
東遷避秦國亦亡至今南望悲瀟湘
夷陵雲夢不復有空教鑄劍從前王
短歌彈鋏思楚舞六國興亡已千古
深宵拂拭碧光寒破壁龍吟挾風雨

讀朝鮮李李皓參贊墓碑感賦

渡江相送白衣冠，故國秋高木葉寒。
漢水旌旗連百濟，韓陵風雨泣千官。
孤忠報主今誰繼，大節如公古所難。
欲哭荒墳何處是，殊方遙望海雲端。

暮春客舍見月

樓上懸明月清光愁殺人空階花正

發寂寞不成春暗度珠簾影寒消玉
鏡塵華筵罷歌舞團扇與誰親

松筠庵拜楊忠愍公祠

遺廟春殘竹徑荒古楸無葉立空廊
杜鵑啼血東風晚落日花飛諫草堂

西山道中

振衣陟危巘御風何泠然鬱鬱瞻北林落落晨風懸長松遥藏虧茅屋青崖巔連峯隱寒日石磴飛秋煙采蘋履白石澗水來無邊林皋脱木葉倚杖聽鳴蟬

秋登西山寄蒼虬

千峰抱秋色犖确連回岡松際六朝寺萬古雲蒼蒼斜日照平湖倒影飛清光桑來馬邑河嶽正相望登高送歸雁遠度關山長

題極樂峰西壁

危嶂倚金天峭削開青壁祝融火其

峰洪鑪鍊巖石律崒逼青霄犖确接
空碧飛鵬六月息垂雲劍霜翻冰河
驅赤道峨峨雪千尺洪荒变日月今
古殊寒炅坤炎震陵谷岡巒尚龜坼
安得御長風泠然從所適

憶勞山舊遊

我昔蹈東海與客山中過嶔崟眺石徑宿霧連庭柯翠竹倚峻巘連林蔽巖阿挂帆逐海日孤嶼揚洪波雲際下奔瀑百尺傾銀河言懷赤松子落月生煙蘿

洹上小鼎歌

銘在鼎腹象束矢形商器也

洹上小鼎苔華堅沙萌水涸三千年
太華之峰霽秋雨峻嶒翠色横長天
盤庚所棄民所遷茫茫不辨洛與瀍
華兮桐兮無處所神龜化骨如雲煙
豈無蟲書與鳥跡文獻不足安能詮
德之體明雖小重巍哉泗鼎潛深淵

客舍聞雨書懷

河漢流蟾影，天風折桂枝。蕭蕭聞夜雨，歷歷近秋期。落葉悲孫客，殘燈照病姬。含情對雛鳳，艱瘁爾何知。

登勞山望東海

崇巖臨碧殿，幽壑俯琳宫。抬鶴逢黄

石驂鸞向赤松靈旗隨五鳳寶幰御
雙龍擊鼓闇屏翳搴波識海童挂帆
摇落月激岸舞迴風極目滄溟遠茫
茫思禹功

詠畫屏風

畫屏春欲晚金屋日初斜閬苑三珠

樹河陽一縣花寶釵雕舞鳳雲髻綰靈蛇祇疑劉碧玉還上七香車

詠童子陳寶鳳（陳寶鳳九歲 已畢五經）

小玉出藍田臨風栩栩然未盈懷橘歲更少舞雲年弱質當春柳嬌容破水蓮賦棋逢盛世詠壁景前賢異日

崇明德思予歌鳳篇

蘆根行

季秋卧病棲衡門天寒童子尋蘆根
引竿移舟蕩秋水枯楂礙澗愁黄昏
荒渠蒲葉戰風雨野鶩隨月投空村
根深乃在水中沚涉水拔蘆根始起

重之應比青琅玕匪惜蘆根惱童子
湖上九月霜落草裹童子陳寶
鳳入林劚山薑熟而餉余爲作

劚雲圖并繫以詩

湖上西風送雁羣秋霜一夜滿河汾
猿聲啼斷楓初落童子空山劚白雲

寒玉堂集卷下終

释文

寒玉堂集卷上　西山逸士溥儒著

拟古六首

芃芃窗下兰，郁郁园中葵。光色春夏茂，枝叶何葳蕤。白露下众草，盛衰随时移。来日不可见，去日曷可追。草木怀贞心，安知有荣萎。执谢彼之子，言采将何为。

自我抱幽寂，足不践市城。今闻故园木，萋萋不复荣。三径亦已荒，深草没前楹。人生贵适志，胡为爱荣名。愿言尽尊酒，常醉无时醒。

春风履原隰，忽然变葱蒨。朝云下乔木，众壑曦光净。鲜林散浮烟，流采自相映。忘言坐前轩，鸣琴慰幽夐。

奇松挺孤标，矫矫幽岩阴。清风振众籁，灵岫巍且深。鸾鹤高翔游，栖止无下禽。匪因霜雪寒，焉知报贞心。

修竹悦朝日，冉冉生吾庐。飘风脱枯叶，枝枝自扶疏。山川发奇姿，清响来相娱。含真乐天趣，徘徊眄琴书。闲情淡容与，缅怀羲皇初。

昔我迈孤往，入山遂不归。考槃在西涧，明月来荆扉。鸣琴送征雁，夕树流烟霏。幽赏惬素心，尚寐无相违。

塞下曲

戍楼烟断草萋萋，万里寒冰裂马蹄。闻道汉家开战垒，边沙如雪玉关西。

舜祠（在历山）

济南城下明湖水，取荐重华庙里神。寂寞空祠丛竹泪，九嶷深处望何人。

山居

柴门对远山，秋云淡相叠。幽禽下断岩，空庭踏黄叶。

忆故园

孤客登临万里台，河声哀壮入衔杯。秋来亦有嘉州感，况是黄花无处开。

秘魔崖

连林出断岩，萧萧积秋雨。下视苍溟深，樵人隔烟语。

金陵怀古

玳瑁梁空罢玉尊，六朝金粉已成尘。平湖风柳萧萧在，不见当年度曲人。方山木落景萧萧，柳岸菱塘覆野桥。王气南朝消歇尽，不堪重听石城谣。杨柳萧疏覆苇花，水西门外石桥斜。荒烟冷雨深深地，传是南朝江令家。远岸蒹葭水国分，一声鸣雁隔江云。石桥年少风流绝，谁唱当年白练裙。萧瑟垂杨集暮鸦，故宫菡萏夕阳斜。荒亭谁吊升元阁，青冢犹悲张丽华。白苎一歌残桂棹轻，柳堤不见石桥横。荒城满目无禾黍，惆怅登楼故国情。

竹素园

古堞出暗林，萦回隐高树。堰上风雨来，前湖隔烟雾。

登封台

岱宗封禅罢，玉检至今传。不见相如赋，空悲元鼎年汉武封禅在元封年实启于获鼎纪元也。

壶天阁

石磴连云起，盘回入杳冥。鸟飞愁不下，低首望空青。

闻性真上人圆寂怃然有作

重扃禅榻寂，孤塔石幢寒。玉轸冰弦绝，泠泠不复弹上人善琴。

松风响空厨，木叶零高阁。行矣雁门僧，寒更残雪落。

壬戌九日西山怀印上人

斜月扁舟烟水青，横江吹笛夜冥冥。孤帆远破黄陵雨，风木萧萧满洞庭。

望诸君墓

华表纵横委路旁，平原秋草故城荒。报书一上无归日，高树悲风古范阳。

赠泰山宋乙涛道士

星坛花落蕊珠经，童子焚香侍座听。万里碧空回羽驾，天风吹鹤夜冥冥。

题卧佛寺

古院斜阳照薜萝，疏林霜歇雁声过。碑亭木落黄昏雨，吹入西风可奈何。

平原道中

郭门连岱岳，山色俯青齐。瘦马嘶边雨，黄河绕大堤。野人收苜蓿，破巷闭蒿藜。井里无炊火，终年断鼓鼙。

山雪

今夜涧斋冷，幽尊湛芳冽。习习林下风，萧萧北窗雪。远塞飞鸟没，冻浦孤舟歇。灌木寂众响，岩云互相越。缅忆羲皇人，鸣琴慰高洁。

李陵

李陵辞汉阙，生降不复归。河梁别时泪，辛苦上胡衣。

桑干涨

昨夜桑干渡，风波觗客舟。君看盘峡日，犹似下黄牛。

山寺月

空岩闳寒景，幽栖淡尘事。风掠黄楂林，月上寒山寺。所怀青松下，高人抱琴至。

秋日寄伯兄

把袂一为别，飘零积岁年。衣冠散兵火，兄弟隔风烟。雁去秋霜外，书来暮雨前。离心与归梦，日夜海云边。

甲子秋日将出山感怀

天风吹河汉，列星西南驰。香飘月中桂，空阶露华滋。岭上白云不相待，秋光欲尽归莫迟。

渡桑干河

古戍秋风白草鸣，胡笳吹月落边声。桑干回望天如水，万里寒沙匹马行。

遣兴

黄叶随霜气，青山忆旧过。归来一凭吊，空馆夕阳多。宿雨飘鱼罶，秋风冷雀罗。江潭悲落木，庾信意如何。

九日

九日园中会，西风只独寒。登高望秋雨，霜叶未曾看城中未见枫。薜荔随孤杖，茱萸挂小冠。关山盛戎马，东去路漫漫。

送外舅吉甫制军出关

渭水东流入乱山，秦兵卷甲一时还。灞陵夜宿无人识，木落秋高出武关。

奔行在所

兵戈连禁省，夜火入天烧。沟壑臣无补，牛羊贼尚骄。殿空铜狄泣，书落纸鸢遥。艰瘁西平业，人间久寂寥。

忆西山未归

一别招提境，趑趄竟若何。青山归处少，芳草去时多。涧水穿乔木，溪云带女萝。经年摈道帙，深负采薇歌。

城寺闻铃忆西山草堂

招提经夜雨，庭际落清音。远忆西峰寺，千山云正深。响惊枫浦雁，寒起蓟门砧。自愧栖栖者，空劳故国心。

寄郭谷贻

近闻郭有道，高隐定如何。湘水思无极，湘云愁更多。吟诗存甲子，晞发对山河。我欲从君去，衡门问薜萝。

题苍虬侍郎画松

飘泊陈生老，清歌变楚辞。洒将忧国泪，写入岁寒枝。直节谁能见，高才世岂知。君看画中树，犹得及明时。

乙丑暮春怀湖南诸子

连江春草碧萋萋，远客还家听鼓鼙。去雁已飞辽水上，故人多在洞庭西。高原背日边沙暗，独戍临关古木齐。落月孤猿正相忆，寄书迢递隔云霓。

暮春园中花

浅淡残红可奈何，芳园春尽客中过。凭君莫问南来雁，柳叶空塘积渐多。

登玉泉山塔

边月关山远，寒烟浦溆分。秋风吹落雁，已过万重云。

园夜

园林霁寒景，凉风起薄暮。微云抗高馆，藤萝上空树。考槃西山陲，河广不可渡。潜鳞依旧潭，哀鸿渐中陆。幽怀日已远，曦光安得住。

秋夜

庭柯覆寒沼，繁响忽已歇。清波回洞房，流光皎如雪。凉风动群籁，夜静商声发。三星在我宇，浮云自逾越。瑶琴有嘉音，览此林间月。

赠刘腴深遗民

楚国多名胜，曾将惠远游。荒亭飞木叶，江雁唳孤舟。云起荆门合，天低汉水流。巾瓶散何处，瞻眺不胜愁。

乙丑立秋

木叶脱寒渚，鸣雁过北塘。飘摇下江濑，秋菊有余芳。高风振空坂，河汉夜苍苍。月明星斗稀，城郭正相望。念彼行役人，哀此关山长。

怀海印上人

自我遁空谷，俯仰无四邻。倚仗啸孤木，邈若羲皇人。与君一为别，仳离常苦辛。飘风不终朝，宿雨难及晨。所贵宣明德，岂必形骸亲。冥冥孤飞鸢，眇眇潜渊鳞。心知不相见，苦言安能申。

忆海印上人

远公今已没，苦志尚堪哀。未悟黄梅熟，空瞻白雁来。魂飞辽海月，诗散楚王台。欲哭空桑下，荒碑蔓古苔。

秋夜

河汉生微云，高风振虚壁。今兹怀百忧，孤景迈寒夕。蛩鸣亦在宇，百卉相催积。庭柯动清籁，华池已澄碧。鸿雁东南飞，音响越明泽。孤客起中夜，端居忆畴昔。

九日迈矣，西风寒矣，流目庭柯，生意尽矣。仲宣作赋，嗣宗咏诗，岂曰文藻，惟以永志

江汉白露下，寒天九月时。芙蓉落空馆，蒹葭散平池。络纬无余声，节序忽已移。繁谢有终极，英华岂常滋。薄言至东原，松菊向朝曦。林风鸣素秋，众卉相离披。白驹在空谷，日月寝已驰。逝者亦何悲，生死安能辞。长怀谢时世，言采商山芝。

桑干送别

沙明水落雁声寒，万里长城驻马看。别后故人相忆否，乱山斜日渡桑干。

再游潭柘寺

昔时此院经行处，一闭风光已十年。花落空堂僧去尽，乱山乔木寺门前。

读海印上人白鹿寺题诗

猿啼霜落大江边，空院人来白鹿眠。今日鹿游人不见，楚宫云雨暮连天。

桑干三首

白草无边接塞空，蓟门千树晓蒙蒙。雪中移帐嘶征马，碛上鸣笳起朔风。

北风吹雁过寒山，闻道单于夜出关。笳鼓无声边月苦，胡沙万里绝人还。

惨淡黄云起朔风，秦城迤逦度边鸿。桑干落日行人少，牧马平沙秋草中。

郦亭

沙碛苍茫接塞垣，连年征战鼓鼙喧。千山尽绕桑干水，片瓦犹名郦道元。

咏大觉寺木兰迦陵国师手植

旸台山路晓烟苍，入寺无人满地霜。蔓草又生僧去后，木兰如雪覆空堂。

荒郊见古冢

峥嵘北原道，幽窈连高坟。空城归鸟鼠，乔木凝寒云。灌莽越阡陌，主客安能分。壁剑久飞去，鸣玉不相闻。已无庾信铭，亦少惠连文。延陵不复作，谁知报徐君。

咏热河鱼石

潭鱼辞故渊，群来石上戏。惠子不知鱼，安能识鱼意。漾漾泛文藻，溪光转幽媚。垂纶安可希，河梁托遐寄。

柬苍虬侍郎

朔风吹越鸟，离客嗟行路。木叶送归舟，徘徊望江树。幽兰发空馆，云雨相驱骛。泉流无尽期，鸣雁时回顾。冥冥关塞寒，凄凄岁云暮。言怀云中君，山川安能度。

咏山中红叶扇

红叶裁为扇，高台拂云霓。林中一挥手，满座霜凄凄。如见丹邱子，骑鹤相招携。翩翩御长风，俯览五岳低。

登北原望长城

木叶来不已，驱马登高原。长城失险阻，云雾空飞翻。崇山峙幽都，达延居庸樊。星光动箕尾，桑干日南奔。风鸣阪泉野，中有蚩尤魂。惊沙崩涿鹿，冻雪埋寒门。不见轩辕台，万古愁荒垣。

咏史

宁戚歌硕鼠，短衣干齐君。冯煖不得志，弹剑动田文。风云一相会，遂使成奇勋。贤愚骨已朽，千年不复闻。

闻鹧鸪

霜落寒山故国芜，秋风秋雨散菰蒲。雍雍不见南飞雁，浅水空塘响鹧鸪。

丙寅立秋

蟪蛄在宿莽，秋风变乔木。下帘弹素琴，孤萤拂华烛。芙蓉谢江渚，百卉萋以绿。边郡何茫茫，征人越川陆。道里阻且遥，岁月忽已促。叹逝多伤怀，长愁结心曲。

秋日望西山不归

空园媚幽景，蒹葭覆寒池。永怀河梁别，因歌七月诗。浮云方叹逝，流水欲通辞。秋登仲宣楼，叶下淮南枝。凉风薄林端，杜若零江湄。日暮瞻四方，按剑将何之。褰裳涉秋水，言返西山陲。所思不能见，永结中心悲。

秋夜

冥冥月初落，萧萧夜未央。凉风霁微雨，云汉多秋光。流萤度深竹，湛露零寒塘。清秋节回换，庭兰发余芳。空阶望织女，迢迢限河梁。

秋夜独坐怀刘腴深遗民

星光动秋草，零露满寒墀。知君在湘浦，千里劳相思。山川不可极，空吟风雨诗。

秋日

澄霞变林霭，飞雁动离声。孤舟一为别，秋水远无情。千里共明月，苍茫江汉横。

寄刘遗民

林皋澹余景，陵阿下残晖。高风振庭柯，黄叶辞荆扉。鸣琴赋秋水，陟山歌采薇。倚杖青岩间，月落寒蝉稀。

题古墓华表

群山奔合墓门斜，惨澹阴风卷白沙。华表何年栖鹤去。西风吹尽野棠花。

忆别海印上人

山木响高秋，岩云逐乱流。独行黄叶寺，相送白沙洲。杞菊依双鬓，风云感百忧。音书瞻去雁，远寄益阳楼。

前湖

过雁冲寒雨，秋声荡百川。荷残无复盖，洲晚欲生烟。故国余乔木，西风感暮年。宫槐正飞叶，寂寞满尊前。

寒蝉

林蝉响积雨，萧瑟渚烟凉。独树余秋气，千山正夕阳。影随衡浦叶，声带蓟门霜。鸣雁无消息，临风易感伤。

寒萤

萤火随时序，飘零独尔身。故宫生白露，夕殿更无人。蔓草栖初定，衣裳思自亲。应甘守枯寂，不敢羡阳春。

和叔明闲居韵

故国青山夕，荒园乱木交。芙蓉开旧馆，风雨落空巢。荷净无余盖，篱斜不系匏。变衰何限意，秋气满塘坳。

和叔明懒韵

已报侵河朔，犹闻破汉阳。乾坤穷战伐，风露戒衣裳。病起琴书冷，愁来杞菊荒。颓然尽尊酒，长醉到羲皇。

和叔明漫成

衡门闻落木，黄竹散幽丛。诗思风云外，秋心烟雨中。厨人烧苦叶，稚子劚寒菘。好去期麋鹿，林峦意不穷。

九日望边塞

朔风吹白草，寒气动旌旄。古戍居庸险，雄关碣石高。骅骝嘶断坂，鹰隼下空壕。闻道收边郡，秋霜上佩刀。

登高示叔明弟

九日无风雨，高原极暮哀。昭王一消歇，野火上空台。古戍平沙远，清秋独客来。征夫怨行役，出塞满黄埃。

忆乐陵李君君已殁

玉树凋零事可哀，乐陵终古雁空来。莫愁蘋藻无人荐，秋雨年年吊茂才。

梦海印上人

乌啼霜落夜苍苍，忽梦栖蟾过草堂。欲别不知何处去，秋光满地月如霜。

出山海关留别诸子

辞君夜出塞，逾越万重山。莽莽风兼雨，萧萧边与关。荒台征战罢，老病几人还。孤客悲戎马，黄云古戍间。

巨流河

驻马辞关吏，栖栖问所之。长途纷雨雪，塞水照旌旗。沙碛连城雁，人烟杂岛夷。不堪闻鼓角，竟夕起边思。

丁卯三月与日本诸公宴芝山红叶馆以下四十首日本作

海上嘉宾宴，衣裳此会难。诸侯金马贵，歌女玉筝寒。跪进流霞酒，光飞明月盘。天风动环佩，双袖夜珊珊。

赠日本大仓男

芳酒开琼宴，蓬山雅集高。遗风犹汉魏，古意似离骚。海上飞鸾驭，尊前落凤毛。群公擅词赋，清响胜云璈。

红叶馆雅集

江户连春雨，珠帘望翠微。群贤天上集，五马路旁归。红叶开山馆，飞花落舞衣。会稽诗酒兴，佳会未应稀。

日本即事

玉作秋田县，花为锦带桥。美人吹折柳，凤管夜萧萧。

题浅草寺

江国生春水，城空石壁开。何时黄鹤返，终日白云来。我欲从槎客，因之问钩台。昔人今不见，松柏亦堪哀。

春日日本同叔明弟作

双鸾飘白羽，万里下仙台。三月桃花水，风帆片片来。尺书天上落，孤屿镜中开。一唱湘灵曲，如闻鼓瑟哀。

鹤田

鹤鸣不在田，方壶松际宿。石径无人行，荒云横古木。

雾降泷

云雨中禅寺，长天飞白龙。双鹤如秋雪，来巢万古松。

利根川

天际浮圆影，峰如碧玉杯。孤帆落秋水，白鹤镜中来。

岳泉寺吊四十七士墓

古木生宿草，空伤过客情。无人苍海上，伏剑哭田横。

日暮里

悠悠日暮里，日暮水生愁。欲采芙蓉去，风雨满沙洲。

东照宫德川墓

宫殿临飞鸟，将军寝庙空。无由盟践土，大树起悲风。

暮春东京书所见

江户花飞送暮春，微茫烟水照行人。巫姬歌舞衣如雪，风笛灵弦赛古神。

神宫花

神宫玉树，晨风吹之，飘云散雪，洒翰摛藻，题赠仙客之来者。

零落今伤过客情，云鬟坠地雪衣轻。女冠受箓骖鸾去，琼树无人空月明。

咏白杜鹃

杜鹃何绰约，天上倚云栽。尚带瑶池雪，瀛洲处处开。昔年仙已去，今日鹤空来。欲泛沧溟月，扁舟去不回。

利根川泛舟

双舟向霞浦，孤月落中潭。若有鱼龙气，能教烟雾寒。美人黄竹曲，槎客白云冠。咫尺蓬莱水，真宜赴考槃。

与叔明弟宿晓鸡馆馆临海

方壶乞灵药，携手下沧洲。不见赤松子，空悲碧水流。孤帆开石壁，海气撼高楼。莫漫窥王母，还应近斗牛。

别缣浦妓

白露蒹葭远送行，孤帆一望浦云生。东流不尽刀江水，难断今朝赠佩情。

胭脂渡

北浦无人杜若开，青天明月碧云回。千年不见章台柳，只有潮声朝暮来。

留别日本诸公

凌沧高挂片帆孤，犹似荆门夜向吴。回首无心望江水，愁云明月满蓬壶。送别江楼兼送春，朱弦弹罢独伤神。明年此夜蓬莱月，满地清光不见人。客散楼空罢管弦，布帆高挂暮云边。天风一夜吹愁去，直到蓬莱弱水烟。

观妓舞

一曲春枝扇影开，梁尘空望碧云回。分明曾侍瑶池饮，谪向人间歌舞来。

夜宴澄霞馆

高堂别宴带寒林，匹马西归无处寻。也似开元送晁蓝，青天碧海夜沉沉。

夜宴澄霞馆观妓

江曾围幕府，门尚起寒潮。劝酒红颜醉，吟诗翠黛娇。行云如识曲，仙鹤下吹萧。欲乘沧波去，鱼龙夜寂寥。

前题

东国萧萧雨，江城瘴不开。酒如金谷宴，歌是玉川来。彩凤随纨扇，明霞落镜台。夜深愁客去，红烛莫相催。

观日本妓小莲舞

罗袜凌波洛水神，小莲娇舞上阳春。三弦清怨来何处，一曲秋砧恼杀人。

过江岛辨天祠

青天开石壁，远近海空波。神女传祠庙，行云意若何。孤舟凌雨气，五月挂帆过。欲降鸾车驾，灵旗卷薜萝。

岚峡舟行绝句

盘峡乱流中，牵舟百丈空。舟人望云雨，愁过楚王宫。
鸟道连云尽，川舟引峡长。还如杜陵客，五月下瞿塘。
乱石涌孤舟，波涛出上头。浑如下三峡，不必听猿愁。

寄田边先生二首

暮春风雨别横滨，欲送双鱼寄隐沦。只恐辞家乘鹤去，武州云水觅何人。
锦帆高挂拂虹霓，万里沧溟向客低。何必扁舟望烟水，浮云不到海门西。

延历寺在比睿山，日本有僧最澄者朝于唐，学天台宗，归建丛林于此

延历山中寺，荒碑上碧苔。传经归海峤，求法向天台。白鹿何时返，青莲闭不开。无由窥半偈，遗迹使人哀。

清水寺寺供清水观音

峻岭疑无路，灵岩若可寻。苍茫清女寺，终古海潮音。梅熟空禅性，莲香喻道心。慈航今不见，渔火隔烟深。

渡砚海寄田边

烟树苍茫绕峡低，落花飞尽子规啼。白云不锁关门水，一夜风帆过海西。

赠妓

欲道前期未有期，片时相见忽相离。天涯何处无芳草，更赋新诗邮寄谁。

听朝鲜官妓歌相思羽衣曲

景阳宫井事茫茫，旧曲歌来恐断肠。春殿只今成蔓草，罗衣何处舞秦王。

一曲相思韵最哀，雪衣云鬟共徘徊。似将天宝无穷恨，吹向山阳笛里来。

归次长城

北去应如庾信哀，关山苍莽客空回。岂知饮马今无塞，旧说卢龙尚有台。
沙碛连天边水合，中原落日羽书来。悬军临险兴亡地，蛇鸟风云望不开。

望秦关

羌笛箫箫马上听，边云莽莽客中经。秋来胡骑窥烽火，西望秦关草不青。

秋夜

揽衣对寒景，旷宇秋气深。蟋蟀亦何悲，中夜扬繁音。袅袅入空曲，切切房中吟。疏楹瞩流火，微月升幽林。鸣蜩知天寒，振响越高岑。我心匪转石，忧怨孰能任。

送田边华

古戍西风万仞山，绨袍横剑下榆关。不须饮马长城窟，朔月边云送客还。

津门道中

古道泥沙浅，平原景物凄。覆舟林木下，积水县门西。村女窥荒井，津民问旧栖。莫投云际宿，正有夜鸣啼。

天津渔父

芦中之人秋稻衣，自言鸥鹭久忘机。风帆渔浦寻常去，今日真看海水飞。

津门访李处士故居

辞世何心逐令威，薜萝犹在主人非。故交亦有延陵剑，挂向空林泪满衣。

路旁柳

塞上凋残生意尽，江潭凄怆复如何。共言攀折多离恨，今日无人恨更多。

丁卯嘉平重客津门，求海公吟诗之地无复知者，怆然而赋

瓢笠飘然去玉津，数年离散隔烟尘。葛沽依旧生秋水，乱后题诗无一人上人《西山寄妙严居士诗》『西山夜雨津亭梦，直送潮声到葛沽』。

经津门海光寺故址

碣石为桥柳破墙，津门兵火故城荒。牧人系马分刍豆，传是当年旧板堂。

过李氏旧馆

石崇宾客散如云，佩玉鸣筝总不闻。老妇龙钟头似雪，出门求典碧罗裙。

望六聘山吊霍原故居

苍苍孤山云，莽莽范阳道。大野旷无垠，白草何悲浩。驱车远行迈，吊古黄沙边。其人今不见，牧马嘶空田。正平亦何罪，世乱安能全。悲哉一黉水，今为东逝川。

上方茅庵

竹里招提径，空林落凤毛。上方黄叶下，孤磬白云高。茅舍闻谈偈，松门见挂瓢。寒陵一片石，遗迹说前朝。

登莲华台绝顶

龙潭龙已去，孤客尚登台。拒马寒光起，中条秋色来。振衣林叶下，飞锡峡云开双峡中间传为华严驱龙之处。北望韩公迹，三城空暮埃华严禅师万岁通天时，遇张仁愿于幽州。

十方院

远公飞遁客，经岁闭岩庐。古木知僧腊，荒碑纪竹书。石罂黄独熟，瓮牖白云疏。萧瑟无行迹，空庭草不除。

上方山二首

结茅傍幽壑，入门生远情。千峰霁秋雨，孤馆有余清。灌木滋众绿，奇芳表寒荣。驾言采薇蕨，晨夕空山行。

众木转幽谷，连山上寒日。晨风吹天云，微茫万峰出。苍苍上方麓，渺渺征禽疾。盘盘望摘星，沉沉见兜率。暮色蔽丹林，鸣钟发奥室。遐观范阳野，旷莽秋萧瑟。

峻极殿在摘星陀绝顶

峻极何年殿，高标多烈风。龙图悬碧落，鸱吻上苍穹。星动灯藏壁，虹飞栋驾空。千山回合尽，关塞晓蒙蒙。

题米友仁楚山秋霁图

尺素生秋水，苍茫浦溆分。尚含千嶂雨，疑落万峰云。江上鸣瑶瑟，崖前识隐君。清猿声断续，应是隔溪闻。

再题米友仁楚山秋霁图

满天风雨洞庭秋，晓见峰峦翠色浮。吴楚白云千万里，茫茫何处岳阳楼。

自题秋峡片帆图

落日千山暮色开，片帆东下海门回。秋江秋峡猿声急，巴水无边天上来。

夜闻猬啼而恶之

猬啼亦何急，荒园月落初。青蝇弹不易，鹏鸟赋何如。揽袂听丰草，长吟掩夜书。空言歌硕鼠，去汝复踌躕。

翡翠

髡柳鸣秋风露稀，暮蝉萧瑟带斜晖。明朝随雁潇湘去，无向秋塘冷处飞。

咏翡翠和叔明弟韵

珠树临风翠影移，啼烟拂水傍秋池。钗禽不返生闺怨韦庄词：『钗上翠禽应不返』，江客重来感别离。雕槛空余红稻粒，羽衣应恨碧云期。侧闻南国无乔木，莫更低垂忆旧枝。

秋园

园花谢朝雨，空塘变秋木。络纬啼荒井，微霜散秋菊。澄潭日萧瑟，潜云媚幽独。秋怀渺无极，征鸿在川陆。

喜雨

沙起桑干瘴，登台夕照收。乾坤来暮雨，关塞忽清秋。幕燕栖无定，蒸云湿不流。石床凉意满，应得梦沧洲。

热

蛟龙今失水，神女下空台。愁见风沙起，应无云雨来。竹林笼暑重，菰叶背阳开。愿得冬之夜，羲娥莫漫回。

汇通词

背郭人家少，从寺古堠边。牧人歌往事，社鼓赛何年。水落纷斜径，林空足暮烟。心知耆旧尽，犹问鹿门泉。

自题画山水

涧水鸣山馆，霜林接钓台。高风茅舍在，秋气大江来。雁外斜阳远，鸥边霁色开。晨朝采薇蕨，应向白云隈。

晓渡桑干

晓月边沙照紫骝，征夫渡马向并州。千山东下天如幕，云卷桑干入塞流。

渔浦

水落鱼罾冷，移舟采白蘋。遥知秋浦月，愁煞浣纱人。柳色青娥艳，荷花红粉新。还怜越溪女，素手脍银鳞。

过慈寿寺故址在八里庄，明慈圣太后建，今圮

高台摇落九莲灯后梦中受《九莲经》，后建九莲阁，下马行人拜古塍。宫殿莫愁生蔓草，松楸已满十三陵。

华表纵横木叶哀，羊牛日夕下空台。双槐道是宫前树，不见中官祭酒来。

秋夜书怀

连雨响寒夕，木叶有悲音。华沼凝清光，残荷辞翠禽。中庭遽已净，微风扬素襟。百卉变秋节，蟋蟀床下吟。雍雍南飞雁，寄之江水心。

秋日寄刘腴深遗民

摇落寒天暮，高风入塞闻。潇湘应过雁，江汉正思君。古戍边声急，重岩叶色分。移家向何处，空寄岭头云。

夜坐即景

端居感迟暮，况见霜叶零。方塘澄碧波，庭柯挂繁星。焉知变寒暑，坐失林中青。遥遥怨修夜，落落瞻秋萤。

少年行

边地桃花雪后开，鸣弦跃马出黄埃。感恩耻作平原客，独向淮阴市上来。

春郊试马

跃马咸阳意气高，青丝玉勒拂拳毛。骄行直过桃花去，片片春风白锦袍。

自题红叶仕女

纱窗寂寞井梧寒，小立空庭翠袖单。似向秋风怨红叶，暗拈罗带背人看。

自题梧桐仕女

莫愁堂下宋墙东，金井阑干度晚风。清怨画来浑不似，寄将梧叶月明中。

桑干

马邑栏前木叶秋，边风吹水绕关流。沉沙折戟三千里，天堑连云十二州。

燕市见故人李放遗书

李放移家去不还，空留书卷落人间。心知死别无归日，辽海秋风万仞山。

塞上送别

萧萧胡雁落寒风，秋色苍然四望空。马首西来人不见，况堪挥泪入云中。

题秋江晚霁图

楚雨无边过钓矶，江风萧瑟白云稀。扁舟渔父归何晚，卧尽斜阳送雁飞。

九日怀陈仁先侍郎

岂谓相思久，移家何所之。空悲江月落，不与菊花期。去国遗民泪，登高逐客诗。怜君风木意，应是鬓成丝侍郎未终三年之丧。

东道不通

明月西飞辽海湾，不闻诸将唱刀环。沈阳八月秋风起，只有边鸿夜度关。

咏寒林积雪

向夕动初霁，邂逅山中客。稷雨变蒙密，晨风日萧瑟。片水带孤青，微云生远白。槲叶有清音，繁枝澹无色。积雪满空山，何处袁安宅。

题落花游鱼图

晴波潋滟澄白沙，参差菱荇临风斜。双鱼不识治春去，御河犹戏昭阳花。

自题秋景画

暮雨初收霁景开，千山重叠水萦回。夕阳亭外秋声急，木叶无边雁欲来。

题强村校词图

衡门栖隐处，秋色满苍苔。江表逢兹岁，应同庾信哀时际戊辰。曝书黄叶下，引几白云来。故国遗民在，空怜擅赋才。

塞上送别

黄云惨澹飞白沙，胡儿夜起吹寒笳。昭王台前送君去，下马欲饮空咨嗟。西风八月居庸道，苍茫满地黄芦草。朔雁皆从沙碛飞，征人多向尘中老。平原秋草暮连云，匹马高歌此送君。雪压征鞍五花色，霜拂宝剑七星文。征人夜傍沙边宿，万里荒云极遥目。莫听琵琶出塞声，声声尽作关山曲。

虚峡秋声

高天闻落木，寥阔夜猿哀。五月巴江水，秋声绕峡来。挂帆惟石壁，行雨但空台。朝暮云安县，萧森瘴不开。

自题山水

江风下空壁，江水复清浅。当轩写秋色，谁谓荆门远。木客隐幽谷，枫林表绝巘。浩然怀吾庐，云壑何时返。

紫丁香

嗟汝知春早，曾为上苑花。乱开初碎月，散绮旋成霞。艳色临妆镜，柔香出绛纱。东风吹不去，羞入莫愁家。

水中楼影

凌汉郁崔嵬，涵虚势壮哉。彩虹流不断，明月照空来。画栋随波散，珠帘倚镜开。侧闻蛟室近，魴鲤莫相猜。

题清媛夫人画山水卷

江雨蒙蒙山四围，江亭独客送斜晖。玉台闲写空林色，无限秋云笔底飞。

秋水无边木叶疏，故山猿鹤近何如。他时莫负西峰约，夜雨寒窗伴读书。

黄河

天作龙门险，渊渊出帝丘。何年沈白马，终古但黄流。积石犹悲壮，灵源信阻修。山河嗟已变，浩荡失皇州。

题永兴墓砖

君不见桓灵之政如垂堂，忠谏塞路贤夷伤。三辅千门久荆棘，许城西北河茫茫文曰于许城西北三里。陇亩千年常不改，断土崩埏至今在。官舍无人问故阡文曰亡于官舍，又曰去西阡四十步，薤露浮云竟谁待。当时送葬归荒地，广轮掩坎无明器。轜车应少挽歌行，抔土何曾识官吏文曰去吏董颡冢八十步。使君临穴声莫哀，恐有跋扈将军来汉桓帝永兴二年，梁冀芳为大将军，未诛。

题画

衰草横陂暮色苍，纷纷霜叶下空塘。蝉声响尽无行客，只有寒流送夕阳。

赋得乌江怀古

滚滚东流水，何年变楚声。天亡骓不逝，兵散季成名。火灭荒原寂，云飞战垒平。犹闻谢亭长，不复渡江行。

桑干水涨

边塞秋多雨，桑干日夜奔。荒原思禹迹，断岸似龙门。云雾连山色，泥沙杂浪痕。兵戈犹未息，倚仗向空村。

汉瓦歌

瓦出关中，文曰『盗瓦者死』

汉家三辅开黄图，当时万瓦劳征输。削木为吏民趑趄，法令无乃出郅都。毁瓦画墁古所愚，千里致此胡为乎。萧樊囚系周魏辜，窃钩之罪良可诛。千门万户成丘墟，歌风台荒啼夜乌。

月下闻蝉

云汉霁霖雨，草木殊未寒。高阁吟回风，延伫听鸣蝉。庭阴动蒙密，越响正清发。空阶寂无人，流光坐来歇。秋怀不可期，含情对华月。

桃花马

万里风沙缟素开，边关飞度绝尘埃。桃花乱下昆仑水，破虏将军洗马来。

题黄耑木孝子剑川图

艰瘁滇黔路，秦兵入寇年。栈云盘白雪，蜀道上青天。为客寒猿外，思亲杜宇前。尚悲游子泪，挥洒瘴江烟。

昭君墓

雪幰冰旗胡马肥，汉家千里送明妃。佩环委地生青草，朔雁南来无处飞。

题醉道士图

双袖凌虚步紫烟，道人归卧碧桃前。可怜一夜瑶池饮，不踏沧江五百年。

题画

黄叶无边满石矶，疏藤古木夕阳稀。采薇人去西风晚，秋色萧条空雁飞。

野塘萧瑟对题诗，一片斜阳万柳丝。坐久不知秋色晚，空林落叶已多时。

题磐石城图 磐石城在蜀江中，云安涂氏聚族而居，防寇乱也

黄巾犹未息，白马尚纵横。转地江为堑，连山玉作城。悬军能守险，群盗惮加兵。割据无成事，空劳战伐名。

咏吴孝女

女孝贵养亲，古称婴儿子。至性遂伤生，孝思胡若此。小于曹娥年，乃同曹娥死。哀哀蓼莪诗，三赋从兹始。

咏松

抱穴寒涛急，临岩碧影流。云飞秦代色，鹤讶汉时秋。百尺殊风雨，千寻近斗牛。莫随笙吹去，真与赤松游。

为刘腴深作松阴觅句图

绝代衡门隐，归来问薜萝。岁寒松不改，世乱句如何。故国烽烟久，空山雨雪多。怀沙无限意，吟望入悲歌。

送朱隘园归广州时两粤方乱

天地兵戈满，君今入广州。四郊多战垒，孤客带边愁。海国生秋气，京华异旧游。翻飞鹏鹗志，归作稻粱谋。

寒玉堂集卷上终

寒玉堂集卷下　西山逸士溥儒著

游极乐寺

平原蔓草碧于烟，门对寒流夜泊船。头白贞元朝士在，尚零清泪过堂前。
野棠花落杜鹃啼，池苑无人草色萋。依旧斜阳送流水，寒山万点寺门西。

西郊

烟生芦荻水明湖，依旧清光满帝都。林下遗民望巡狩，片云寒雨似苍梧。

津门道中

遗民犹赋黍离哀，江雁萧萧正北回。七十二沽如渭水，百官今日几人来。

津门吊故人李放

曾向衡门赋采薇，飘然常带女萝衣。王乔剑去风流远，任昉门间车马稀。
四海已无人共语，九原只有梦相依。延陵别后秋风起，陇树萧萧叶自飞。

天津杂诗

云断津门雁已无，芦台寒夜响鹈鹕。相思欲寄双鱼去，春水桃花满直沽。
杨柳青青发棹歌，宓妃罗袜欲凌波。妾家住近孤云寺，惟问行云意若何。处处高楼送暮春，
杨花三月满天津。鲤鱼湾下桃花水，不见双鱼寄玉人。孤棹衡波起脊令，溯游南下露香汀。
卷帘娇煞旗亭女，犹唱城西杨柳青《杨柳青》曲名。几家萧瑟住横塘，世乱民穷亦可伤。
乔木已无官舍尽，行人犹问水西庄。

画雪寄郭涵斋遗民

衡门画雪寄袁安，深谷为陵汉腊残。莫更淮南悲木叶，中条山色不胜寒。

自题水墨达摩像

杖锡飞行入帝都，袈裟著破弃双凫。逢人莫问西来意，秋水虚空苇亦无。

哭黄申甫

曾闻剑佩出秦关，白发如霜尚未还。落月浮云空椂去，那堪不见玉京山。

送涂子归云安省母

送客不能别，念君将远征。云安飞木叶，巴水动秋声。危栈青天近，高堂白发明。临歧游子泪，不只故乡情。蓟门天欲雪，匹马怅离群。亲老难为客，时危又送君。猿声连急峡，鸟道入寒云。正恐嗟行役，莱衣莫暂分。

雪夜同叔明作

北风生前夕，微霰集寒墀。幽怀忽不乐，空吟雨雪诗。虞渊不可极，云汉以为期。庭柯瞻积雪，皓然久参差。不如桃李树，摇落君空悲。

雪晴望月

月来雪初霁，寒光正摇漾。矫首无纤云，天地皆殊状。榆柳影时越，池台寂相望。海上孤鸿灭，河岳多清旷。揽衣欲乘风，中宵发惆怅。

题梁文忠公书卷

白发悲禾黍，孤忠欲向天。敝袍燕草色，荒冢茂陵边。泪尽空山里，魂归杜宇前。独怜忧社稷，不见中兴年。

怀刘腴深遗民

古意河梁别，浮云日夕还。春生范阳树，雁过井陉关。余亦悲戎马，因之问险艰。衡门不相见，落月万重山。

赠周七游盘谷

送君向盘谷，应登舞剑台。沧海无壮士，白云去悠哉。渺渺雁飞急，冥冥猿啸哀。边风折菀柳，宫阙生蒿莱。周郎多古意，倚马休徘徊。昔人不复作，极目空黄埃。

题画

琼枝交影照朱颜，欲采繁英手自攀。只恐东风零落尽，暗留春色上云鬟簪花。冰绡半幅界乌丝，玉管新添白苎词。珍重一杯芳菊酒，小窗零雨说相思饮酒。

闻百花山女道士杨清风寿百二十岁，幽栖遐举，余在西山望见其峰壑，欲往从之，临风遥赠

羽衣何翩翩，餐霞不计年。花冠带飞雪，双袖凌朝烟。萧然万壑松，长风吹夜弦。蕙帐挂明月，瑶水生秋莲。人间闻笙鹤，遥忆峨眉巅。阿母吹箫女，朝真坐上台。鹤依云际

宿，花向月边开。冷雾迷黄竹，天风归绿苔。化为青鸟去，朝暮过蓬莱。遥礼空山向翠微，彩云轻拂薜萝衣。天风吹落千峰月，鹤在星坛尚未归。

题魏太和专文曰合邑十五人，共造浮屠。下瘗宝钱，后有得者，为作佛事

割据山河迹已陈，何年搜索出荆榛。北朝陵庙无抔土，起塔空思十五人。

绿牡丹

沈香亭外晓开时，风坠云鬟露压枝。春尽已无青鸟使，妆成应恨绿衣诗。似随芳草迎鸾驭，暗逐垂杨满凤池。闻道洛阳车马散，倚阑人去尚堪思。

挽多罗特文忠公

讨贼旌旄建，登坛幕府开。曾驱回纥马，万骑入秦来。天堑飞能渡，雄关势可摧。庙堂方罢战，遗恨古今哀。慷慨图王室，穷边万里行。孤臣谋不用，一旅事何成。落日思秦陇，

秋风散旆旌。英灵亦已远，瞻拜泪纵横。

落叶四首同腴深遗民作

昔日千门万户开，愁闻落叶下金台。寒生易水荆卿去，秋满江南庾信哀。西苑花飞春已尽，上林树冷雁空来。平明奉帚人头白，五柞宫前蔓碧苔。

微霜昨夜蓟门过，玉树飘零恨若何。楚客离骚吟木叶，越人清怨寄江波。不须摇落愁风雨，谁实摧伤假斧柯。衰谢仲宣堪作赋，暮年丧乱入悲歌。

萧萧影下长门殿，湛湛秋生太液池。宋玉招魂犹故国，袁安流涕此何时。洞房环佩伤心曲，落叶哀蝉入梦思。莫遣情人怨遥夜，玉阶明月照空枝。

叶下江皋蕙草残，登楼极目起长叹。雁门霜落青山远，榆塞秋高白露寒。当日西陲征万马，早时南内散千官。少陵野老忧君国，奔问宁知行路难。

重游延寿寺怀性真上人上人工草书，善鼓琴

惠远归何处，重来法会堂。寒生萧寺树，叶下赞公房。禅榻琴书在，闲门杞菊荒。欲弹招鹤曲，明月满空廊。

赠章一山太史

臣甫心悲杜宇前，卜居无处问筳篿。沧溟卧听鱼龙夜，边塞孤征乌鼠天。射策曾经元鼎日，去官忽际永嘉年。白头庾信空萧瑟，流涕逢人说北迁。

腴深遗民寄海印上人遗稿感赋

汉水襄陵地时水灾未已，秦山破碎时。曾传远公语，还寄雁门诗。歌凤知风变，烹鱼觉泪滋。西山与枫浦，来往更无期。

寄刘腴深归自岳麓

湘水萧萧木叶疏，麓山风雨似匡庐。何时更乘浮云去，回雁峰前数寄书。

题寄秣陵人

蓟丘落月万重山，北雁南飞尚不还。我寄白云黄叶句，秋风吹入秣陵关。

闻刘腴深归自岳麓遥寄

桂棹横江水，知君怀采薇。长沙今夜月，应照薜萝衣。黄鹤何时去，青鸾空复归。归来望衡岳，还见彩云飞。

寄郭谷贻遗民

朔风吹白雁，远障楚江流。苦忆中条隐，空思北渚秋。岳云终不散，湘水尚离忧。万木逢摇落，高寒上庾楼。

题李香君像

歌散雕梁玉委尘，夕阳芳草吊江滨。伤心扇上桃花色，犹是秦淮旧日春。

壬申暮春园中即事

临风照水不成妆，深下珠帘罢举觞。玉笛吹残春去尽，空阶碎影月如霜。

吊日本田边华

三湘七泽客曾游，白浪摇天接塞秋。昔日挂帆人已去，月明星落大江流。复忆仙山白玉台，云中朝暮绮筵开。碧堂三月诗如锦，春水桃花天上来。

怀蜀人张爰

青天连蜀道，蜀客此中行。来去三巴水，秋风满锦城。云霄方异路，江汉未休兵。正有南飞雁，遥怜独夜情。

游石经山雷音洞

巍巍白带山，皑皑东峰雪。图经龙所守，千春閟崖穴。曾是錮南山，石槛何年折。真源了不闻，妙义谁能揭。三藏五千卷，韫椟无摧缺。七洞亦奚为，安能尽缁涅。顾赡空崖间，松风正凄绝。

宿云居寺

青青香树林，郁郁金仙塔。五代征战余，千年变僧腊。中有浮图铭，石墨流响榻。五台若培塿云居五峰曰五台，清泉寺门匝。丛篁集群雀，罘罳隐寒鸽。山堂耿不眠，清钟夜相答。

题东峰石室

上方依水木，岩屋石窗疏。雨湿楞伽字，苔封贝叶书。毫光人不见，梵语义何如。释子逃禅久，相逢问鹿车。

芯题山道中

范阳多古寺，漯水日潺潺。匹马征秋草，孤云带远山。沙连平野尽，雁背夕阳还。百战关河在，悲歌古戍间。

芯题山观金仙公主碑

千山连绝塞，缥缈起飞楼。帝子何年降，荒碑异代愁。云軿去不返，芳树满离忧。饮马桑干水，空来吊古丘。

云居寺望金仙公主塔

青天留断壁，万古壮幽燕。起塔开元日，藏经大业年。石穿金粟字，云散水衡钱。西望怀王母，登台意邈然。

望云居寺上方

朔雁倚边风，停骖问梵宫。飞甍黄叶外，香树白云中山中昔生香树，今香树庵其遗迹也。二水秋光净，千山暝色空。寺门钟梵寂，应与上方同。

壬申九日

天高露下菊花期，节序潜惊有所思。九塞风云生鼓角，五陵烟树望旌旗。雁声北落孤城远，秋气东来匹马迟。行尽边山非故国，登楼王粲泪如丝。

吊长沙程十发

乱后闻高隐，匡庐旧草堂。离情怀屈宋，愁思满潇湘。为客荆门远，招魂楚水长。新诗哀郢意，把卷一沾裳。

和刘腴深学博除夕见怀韵

绝塞军书急，雄关王气收。苍凉悲故国，浩荡失皇州。岂意南冠客，寒灯独夜愁。乾坤今已变，莫上岳阳楼。

送苍虬出关

悲君复行役，远送暮云间。绝国人谁去，长城马不还。朔风生碣石，天险失重关。莫问辽东客，相逢尽苦颜。

寄怀苍虬侍郎辽东

雪满秦关路，风生易水波。此行思赠策，弹铗莫空歌。赵客轻毛遂，荆人失卞和。音书愁不达，奇计近如何。

寄章一山左丞移居贡院

近闻章太史，移宅傍龙门。独抱苏卿节，能酬汉主恩。关心惊鼓角，愁眼望乾坤。忆话桓灵事，绨袍满泪痕。

癸酉三月咏花寄何梅生

草碧岐王宅，春生庾信家。月明芳树静，烟冷玉枝斜。旧苑仍啼鸟，空庭更落花。去年君忆否，相望隔天涯。

园中暮春和清媛夫人韵

芳树花开娇上春，月华拂袖袜生尘。空枝满地寒无影，愁煞花前月下人。

咏园中海棠

高馆开琼宴，悬灯倚绛纱。当春千树雪，照夜百重霞。歌咏惭康乐，江山似永嘉。东风吹若去，应拂五云车。

暮春宴萃锦园会风寄一山左丞

苍然望八表，飘风逐云来。当轩吹落花，层阴凝不开。如何金谷酒，坐对歌风台。相如居客右，倚剑空徘徊。但为阳春曲，无使歌声哀。

园中海棠颇盛花时游履恒满，既已凋谢，巾车杳然，独对绿阴慨然有作

落花辞芳树，窈窕难为荣。玉阶一夜雨，方塘春水生。东风吹众草，飘然满前楹。遐哉梁园客，矫矫集群英。万言倚马才，辨有雕龙声。瑶尊明月光，碧如淮水清。繁华一消谢，嘉筵遂不成。长风引舟楫，怅望怀蓬瀛。安得回日车，惜此芳菲情。

三月

三月垂杨柳，朱楼花正开。群公天上集，五马日边来。屈宋传文藻，邹枚擅赋才。高堂春去尽，弦管尽堪哀。

自题花蝶纨扇

碧叶葳蕤拂槛横，玉阶烟露带愁生。无端写出滕王蝶，一样春风便有情。

题董小宛病榻图

鸳鸯瓦冷白云秋，听尽西风不上楼。当日纵无亡国恨，哀蝉落叶亦堪愁。

自题画猿

啼云度秋峡，乱山青不已。萝带生悲风，月印前溪水。

题画

乱石倚危梁，荦确碍行迹。欲得山中人，共此风雨夕。

送叔明弟出关

送君系孤剑，东出长安门。心怀式微篇，非酬国士恩。悲风振中野，大漠愁云翻。落日照秦城，惊沙白日昏。沧海不改色，碣石今尚存。人生多险艰，身卑道益尊。兴亡归骏命，富贵何足论。

游金山宝藏寺

山在玉泉北，以产金名。明永乐间，西域僧道深来栖，起苍雪庵，有玉华池、谈经室诸胜迹

层台临绝巘，西域化人家。石涧空苍雪，灵泉泠玉华。谈经留石碣，起塔布金沙。谁识西来意，孤峰驻落霞。

游东岳庙

地接仙都近，门连凤阙开。独怜青鸟使，曾见翠华来。琪树生丹井，琼花绕古台。风铃经世变，松吹尽堪哀。

游拈花寺赠全朗上人

孤客来初地，从师问死生。真源了无悟，大道若为名。卧柳窥荒井，飞檐向古城。松风天际落，吹散转经声。

咏倒挂么凤

小苑秋光露未晞，桐间时见片云飞。却疑织女支机石，银汉高寒挂彩衣。

和苍虬侍郎夜雨不寐原韵

去年此会伤君别，曾赋新诗独赠言。落月天涯何处望，名园乱后几家存。

边沙白草秋多雨，关塞青枫夜返魂。远道艰难来不易，相看劳苦异寒温。

和苍虬侍郎题予霜园冷艳图原韵

暮年为客庾兰成，岸茝江蓠倍有情。水殿风来秋自落，玉阶人去露初生。飘零木叶归何处，采撷寒花不问名。憔悴杜陵惊岁晚，沧江卧病眼犹明。霜园秋色更凄然，冷艳香沉宿雨前。故国空寻芳草地，殊方吟尽夕阳天。重来阿监悲青琐，不返钗禽怨翠钿。柳岸菱塘正萧瑟，西风木叶落无边。

秋日寄苍虬

蓟门烟树感离居，碣石云飞见报书。边月远随沙苑马，秋风应忆武昌鱼。西山苍翠千重雨，北斗高寒万象虚。正有扁舟不归去，楚天渺渺更愁予。

题越溪春色图

门对寒流夏木清，碧天时见片云行。峰头孤月看犹落，谁共沧浪赋濯缨。

自题画鹭鸶

雪衣拂岸影参差，鱼浦烟溪冷钓丝。落尽荷花江色暮，满天风雨立多时。

乙亥送犹女芝归星浦

乱世离乡国，艰危匹马从。边行冲雨雪，海宿犯蛟龙。星浦霜初落，秦关路不通。还怜远兄弟，送汝意无穷。

喜章一山左丞至

兵伐苦未息，少别亦沾衣。江汉沙犹涨，边城雨尚稀。梦随孤月落，心逐断云飞。霜鬓多如此，何堪赋式微。

寄伯兄星浦

山川如可越，岂复惮登临。春草池塘梦，黄榆沙塞心。风云方异色，天地动悲吟。不寝闻秋雁，寒灯入夜深。

送客出塞

朔风吹去马，慷慨送君行。白草无春色，黄沙起塞声。荒陵初落雁，孤客向边城。不见歌鱼藻，空劳远别情。

寄辽东诸子

木叶惊连雨，登楼客望哀。浮云终北去，秋色自东来。吴楚江犹涨，关山险尽开。诸君思报国，应费运筹才。

清媛画松似西山草堂前者，为补烟峦并题以诗

缟衣椎髻对梁鸿，自有萧然林下风。似寓西山偕隐意，殷勤为写挂瓢松。

黄独长镵手自锄，云山回首十年初。何当更扫青苔径，重向衡门挽鹿车。

访故山僧不遇

灵崖过雨夕阳收，石径连云客旧游。今日寻师不相见，半潭黄叶数峰秋。

蛱蝶花实

色似朝霞映，花同蛱蝶飞。子成疑剖蚌，待月脱珠衣。

颠当

岂有明驼足，何年锡此名。不如莎鸡羽，努力作秋声。

菌

朝菌青苔上，托根乃如此。愿随兰蕙生，不同荆棘死。

蜂

微物知时节，穿花去不休。亦如汾上雁，辛苦稻粱谋。

长生果 俗名落花生

黄花纷陇畔，绿叶散平畴。若得青门种，应同感故侯。

九日宝藏寺登高作

山馆抗高秋，塔势出云表。归鸿振晚音，清光起寒沼。咫尺变风云，八方异昏晓。双树倚华池，潜鳞媚幽香。危邦乃绝游，兹山可临眺。

忠樟行

法相寺在南高峰下，寺门古樟鹏翔蛟立，不知何代物也。高宗南巡赐御碑焉。辛亥岁十二月，逊政诏下前一日，晴明以风，樟槁死。陈苍虬侍御作《忠樟图》遂赋是篇。

浙江潮撼南峰碎，老木横生出崖背。霜根蟠地走立僵，摧风排雨摩青苍。高标不与桧同性，为龙直欲从先皇。銮舆巡狩思畴昔，骀荡春风被恩泽。百世方滋雨露仁，岂知石殿生荆棘。川沸山崩天柱倾，断节伤根血犹碧。臣甫下拜拜且图，和汝长歌泪沾臆。望之不敢悬素壁，夜半如闻鬼神泣。

陈散原诸公游陶然亭未果从也分韵赋得一字

孤鸿辽海至，归飞亦何疾。临河不能济，天下嗟如一。虞渊安可期，浮云蔽白日。吾党二三子，探幽访兜率。连林古堞长，接叶青山出。言寻辽金铭，披烟踏崩塱寺有辽寿昌金天会经幢。平居意不惬，藜床坐穿膝。佳游闻苦晚，巾车遂相失。大泽起悲风，苍葭正萧瑟。

题红叶仕女

丹桂飘香散玉墀，无端秋夕起相思。蝉声雁影皆清怨，红树斜阳独立时。

题高云麓侍讲苍茫独咏图

国破还家意若何，苍茫独咏向岩阿。吴江枫落斜阳晚，应比灵均泪更多。岸芷汀兰何处寻，青山晞发不胜簪。悲歌殊异渐离筑，烈日青霜鉴此心公镌小印曰『烈日青霜』。

恭题孝钦太后御笔山水

云汉昭回五色章，九重染翰想虞唐。凤凰枝上尧年露，焕发犹为日月光。仙掌高峰蔚紫霞，蓬壶草木气清华。分明画里商岩客，不见生贤赉帝家。

题端溪莲花鸂鶒研为清媛夫人寿

鹿车归去濯尘缨，结发曾为玉石盟。寄语西峰旧猿鹤，鸥波犹似在山清。

大觉寺观花题壁

寥落前朝寺，垂杨拂路尘。山连三晋雨，花接九边春。旧院僧何在，高台迹尚陈。闲来寻白石，况有孟家邻。

白孔雀 并序

白孔雀出于天竺，致自东海，含章秉德，鸾凤之俦也。顾瞻云路，伤翮气尽，感其仳离，作为是诗。

灵囿依珠树，联翩玉影齐。衔花亭沼外，梦月海云西。汉使传青鸟，秦人访碧鸡。雪衣分鹤露，素练拂鸿泥。岂是殊方贡，非关上苑栖。流沙迷故国，垂翅绛霄低。

垂杨

湖上春风凤阙西，绕城杨柳带烟齐。吹箫人去朱楼改，无复飞花逐马蹄。

题画

木叶水泠泠，秋风下石层。寒潭夜来雨，不见故山僧。

题赵山木诗卷

不见高人旧草堂，断桥残柳亦堪伤。西山墓树秋风起，乱后无人吊夕阳。

丙子秋日哭伯兄兼送弟出关

边秋季行役，落叶天下寒。征雁断长城，悲风动榆关。伯也久居夷，中道多险艰。仳离岂同穴，沧海浮一棺先嫂柩在胶东。风云失际会，羲和难复还。墓木成邓林，魂魄终不安。何处哭孤坟，崔嵬碣石间。

忆弟

帝乡不可见，碣石万重山。远塞日无色，长城人未还。乱离生白发，忧患损朱颜。何似西峰住，云深莫叩关。

丙子九日陪夏闰庵太守登高作

金台遥与凤城连，阊阖千门夕照边。湛湛江枫悲楚客，萧萧宫树泣铜仙。青山落帽秋风外，白发衔杯木叶前闰庵年八十余。此会凄凉殊洛社，微吟空记义熙年。

自题洞庭远景图

片帆朝发挂残星，枫叶萧萧满洞庭。断雁浮空飞不尽，远山一发接天青。

题仙山楼阁

群峰如玉落尊前，雪绕蓬台欲化烟。何处仙人骑白鹤，楼台倒影镜中天。

题画 三首

辽天霜雁鸣，幽壑潜蛟舞。松竹发寒声，荒亭散秋雨。

木叶零寒雨，溪桥涨碧流。衡门无过客，松菊义熙秋。

策杖踏秋色，平林独去迟。遐观白云际，应赋考槃诗。

题画寄章一山左丞

石径西风槲叶深，高原策杖独登临。峰峦却似王官谷，何限秋风落日心。

题僧院幽居图

梵阁经声满，松窗客梦孤。波光临夕照，鱼藻上浮图。

闻腴深遗民移家入山为作山居图以诗寄之

时危思避地，羡子入山深。闲倚青枫树，时为白雪吟。泉声清鹤梦，松韵静琴音。余亦耽微尚，高歌怀故林。

题英石峰

安得岩前百丈松，蓬窗咫尺翠重重。欲将谢朓惊人句，携上秋云太华峰。

答章一山左丞

荒园何所有，霜叶在寒枝。已叹山河改，还惊节序移。秋蝉停岸柳，晚鹊聚空池。昔别春芳歇，凋残君不知。

西山多黄栌，岩谷皆是，九月寻之已零落矣

黄栌满岩谷，霜后已无多。况复空山晚，高风吹若何。欲寻枯树赋，深赋采薇歌。荣瘁随时序，闲门冷雀罗。

极乐寺观文官花送苍虬出关

返照残红散绮霞，随风飘去落谁家。如何送别春风里，行尽边关无此花。

咏极乐寺文官花

湖山落镜中，云锦散虚空。花堕僧房雨，枝摇鹿苑风。平台多古意，芳树满残红。几

日清阴发，笼烟绕梵宫。

暮春极乐寺怀苍虬辽东

燕山青接梵王台，水殿逶迤倒影开。万里春风连苑起，九边寒雨度关来。时危送客闻吹角，花尽思君罢举杯。途远报书凭朔雁，长城东望暮云哀。

题雪景画

远岫无归鸟，孤峰生暮寒。虚堂多冷意，况是卧袁安。

战后孤城登望

落日沉雕画角哀，苍茫何处集贤台。辽天望断边关路，不见单于万马来。
古戍临边暮色低，千家萧瑟夜乌啼。登城不见桑干水，斜日云横太白西。

西山水中望昆明湖作

秋登北原上，乱山青不已。云气从西来，骤雨失遥沚。朝霞鉴金波，长虹跻盈咫。尧碑尚巍峨高宗御制《万寿山昆明湖记》碑在湖上，禹功在兹水。应殊石虎殿，荆棘何披靡。灵台民所思，周道曾如砥。九嶷渺难及，潇湘悲万里。虞舜不复还，苍梧夜猿起。

秋日西山登望

云散西岩月，清秋万里情。桑干飞白练，不见范阳城。大漠殊风雨，神州尚甲兵。乱山连易水，慷慨吊荆卿。

登灵岩寺玉塔

孤塔出灵岩，登临集秋霰。天风吹岩云，势与中峰断。飞檐摘星斗，高标接河汉。俯仰异阴晴，宇宙成殊观。片白桑干水，尺碧灵波殿。甘棠美召伯，金台集英彦。荆卿骨已朽，易水无人饯。王者迹亦熄，霸图久销散。哀哉东逝川，古人今不见。

访玉泉灵岩寺

忧时揽八极，戚戚靡所从。云生太白颠，雨过西南峰。岩林澄客心，岚沼变尘容。烟翠泛空曲，泉气蒸孤松。何年避暑殿，但见青芙蓉山顶旧有芙蓉殿金章宗避暑处。石室引秋萝，荒寺停霜钟。寒潭激玉泉，其下潜蛟龙。双栝已半死，乃与忠樟同。舟炉何时冷，云碓无人舂。还山嗟已晚，仰止怀仙踪上有吕公洞，相传吕公栖真于此。

玉泉山下泛舟作

天风吹孤凤，已失青桐林。举世无成连，谁能知此心。山云郁寒雨，峰巘成元阴。林端明月来，秋气如江浔。历历变乔木，落落鸣疏砧。孤舟泛菱藻，朔雁飞愁音。所怀岩穴士，猿鹤相招寻。含光慕遐举，考槃西山岑。

裂帛湖瞻望

高台摇落后，霜叶满荒祠。古木遵周道，灵岩闷禹碑。露盘空月殿，云锦散秋池。何处闻芦管，临风响益悲。

峡雪琴音

玉阶青琐散斜阳，破壁秋风草木长。惟有西山终不改，尚分苍翠入空廊。

登高怀古

古道临边水，平原入暮云。蓟丘沉落日，空吊望诸君。

远望

郡邑浮云合，山川夕照哀。诸侯征战地，辛苦赂秦来。

画眉山 山生石黛，金时宫中画眉用之

石径西风木叶迟，前朝遗事牧人知。可怜无改青山色，画尽宫眉代已移。

西山秋望寄苍虬辽东

绝巘登临近塞隅，天围平野断山孤。寒光欲涨桑干水，云气还生督亢图。古戍月明残垒在，高台金尽故城芜。尺书远寄南冠客，极目秦边落雁都。

玉泉亭上

飞檐临绝巘，云气涌青松。幽杳空潭曲，何年起蛰龙。

寿张豫泉提学八十

昔闻避地隐江滨，海内文章动鬼神。周颉同怀南渡恨，兰成不作北朝臣。黄冠合向蓬山住公辛亥后罗浮酥醪观，白发能留洛社春。莫道著书销岁月，栖栖一代古何人。

赠豫泉提学

庾信文章屈宋俦公有《松柏山房骈体文钞》，陈子砺先生序之，以为不减徐庾，罗浮曾与赤松游。采薇歌罢归来晚，晞发空山天地秋。

曾向罗浮餐紫霞，江关词赋忆京华。不堪双鬓如秋雪，亲见铜仙辞汉家。

百年陵谷片时间，绝胜长沙去不还。松柏后凋公自有，故人翻说颂南山。

题画

白云天际影徘徊，云外斜阳霁色开。千树桃花万条柳，春风齐过越溪来。

题古木寒禽图

涧雪回风带女萝，冥冥择木向乔柯。碧桃落尽春芳歇，集菀珍禽竟若何。

登玉泉山望卧龙冈

卧龙云气渡河秋，天际桑干日夜流。故国关山人出塞，孤城风雨客登楼。
黄沙惨澹唐三辅，青琐凋残汉五侯。旧苑无人来牧马，平明吹角动边愁。

题墨赠章一山左丞墨琴形铭曰『玉凤凰』

乱世无家似范滂，孤臣相忆鬓如霜。白云岭上何堪赠，只寄琴心玉凤凰。

玉泉山下泛舟遇雨

夏云天际重，空翠满南塘。骤雨翻鱼罶，斜风断雁行。垂纶牵荇藻，击棹起鸳鸯。五月吹芦管，池台晚易凉。

忆西山草堂寄章一山左丞

古人招隐士，此意更谁同。几辈歌朝露，何人赋谷风。遥知三径里，已发菊花丛。林下思猿鹤，应悲蕙帐空。

晚晴寄章一山左丞

雾色消连雨，登舟爱晚晴。苇间残照落，林际断虹明。波定鱼还跃，云移鹭不惊。期君濠濮上，共此惠庄情。

别弟游极乐寺

玉河春尽日西斜，依旧垂杨见暮鸦。有弟今朝秣陵去，不堪重赋寺门花。

重游卧佛寺

乱后招提径，重来景物荒。丹枫秋不落，白菊冷犹香。欲访寒陵石，空悲说法堂。还余梵王树，万古郁苍苍。

咏桫椤树

百尺排云雨，千山夕照开。龙文近斗宿，黛色郁风雷。不逐青牛去，曾随白马来唐时桫椤树来自天竺。所嗟梁木坏，敢望济时才。

潭柘山岫云寺

帝子临湘渚，君王拜竹宫寺有元世祖妙严公主像。柘枯金殿冷，龙去石潭空。古栝藏朝雨，灵旗卷暮风。上方钟磬晚，鸟道隔烟重。

自题终南进士出游图

敝袍横剑气如云，缓步归来已半醺。山鬼相从尽童仆，不须空作送穷文。

题雪斋宗兄画马

昔日边关从贰师，暮年伏枥忆驱驰。不如且纵黄金勒，丰色平林任所之。

题雪斋宗兄秋江钓艇扇面

江枫石上落纷纷，鸣雁飞声送客闻。我梦扁舟明月里，芦花浅水钓秋云。

夏夜

湖上虫声急，悬灯夜不眠。月中来似雨，风里散如烟。愿作秋霖赋，愁为云汉篇。西峰多水石，归卧定何年。

汉长陵双瓦歌 文曰『长陵东甍』『长陵西神』

秦璧还宫祖龙死，墓隧乃与三泉通。一朝崤函失险阻，赤帝受命王关中。卯金王气销沉久，马鬣之封复何有。玉鱼金碗尽成尘，虎踞龙盘安足守。虞舜南巡去不还，二妃泪洒苍梧间。至今洞庭张乐地，九嶷瞻望空云山。甘泉长乐西风早，千门落日终南道。行人欲拜汉文陵，匹马荒原向秋草。汉家寝庙势凌云，当时迁徙徒纷纷。遂使黔黎怨徭役，苛政无乃如嬴秦。宫中置酒悲楚舞，刘吕雌雄已千古。谁怜片瓦历沧桑，尚见长陵一杯土。

采裂帛湖中凌霜菜寄章一山左丞

草木承恩泽，犹知守岁寒。只宜灵苑种，真合腐儒餐。汲水求金井，盈襜荐玉盘。孤臣在津浦，远寄碧琅玕。

秦瓦歌

天使范睢西入秦，为驱穰侯泾阳君。远交近攻譬蚕食，六国战伐何纷纷。羽阳橐泉连苑起，泾渭千年送流水。诗歌黄鸟哀三良，秦誓蒹葭空已矣。骊山北走如云驰，阿房已动诸侯师。崤函之险不能守，秦兵虽众焉用之。楚人一炬陵为谷，断瓦零烟缠草木。几时搜索出陈仓，留向人间重圭玉。

汉长毋相忘瓦歌

韩信生不为真王，悲哉鸟尽良弓藏。山河带砺等虚语，何况片瓦埋风霜。汉宣故剑犹难保，钩弋斑姬何足道。甘泉宫里已无人，相思殿外生秋草。千树花开娇上林，从游陪辇奉恩深。茂陵只叹南归雁，文君亦感白头吟。长杨五柞知何处，翠袖朱颜散尘雾。团扇迎风久弃捐，千金空买长门赋。

咏仙瓦 唐易州龙兴寺瓦寺祀老君

片瓦唐时寺，荒凉成古丘。函关去不返，易水至今流。画壁丹青落，灵坛草木秋。高台望仙意，遗迹入边愁。

东海路大荒布衣，以汉永元专见贻歌以报之

路子布衣天下士，海上贻我齐东专。是时汉道久凌替，孝和嗣位犹冲年。中宫邓后得太姒，尊信儒术亲才贤。忆昔辛亥建酉月，大盗移国心滔天。惜无斧钺诛窦宪，望古叹息桓灵前。永元纪年铭九字，埏埴已过金石坚。千里致此若圭璧，报之愧少琼瑶篇。

汉泰灵嘉神瓦歌

汉并天下国无事，望仙台高望仙至。天子郊坛祀泰一，神降嘉生集休瑞《汉书·郊祀志》

曰天神贵者泰一。又曰民神异业，敬而不黩，故神降之嘉生。应劭曰嘉谷也。昔年明月裁为瓦，长安农夫耕出者。不复从龙飞上天，但随白骨埋荒野。瑶池青鸟何时返，轮台下诏嗟已晚。徒罢方士诛文成，岂如此瓦得长生。

七月二十三日湖上泛舟闻笛

凌波浮桂棹，一叶镜中游。不见青霄月，空怀白鹭洲。潇湘闻去雁，天地忽惊秋。况复清商发，凄凉警客愁。

秋日感兴寄章一山左丞

国破兵犹战，烽烟处处焚。嚣然思作乱，引领望明君。江汉谁能赋，收京不可闻。空悲南去雁，岁岁渡河汾。

秋日有怀雪斋宗兄

湖上闻归雁，秋风寄所思。共朝薇蕨志，敢忘棣华诗。丧乱才难用，艰危节自持。脊令原上望，流涕此何时。

西山秋望

燕山低暮雨，秋色满千家。野鹜分寒水，惊鸿起乱沙。塞云连地尽，边月向关斜。南渡兴亡事，登临忆永嘉。

九月湖上泛舟

枫林摇片月，白露变繁霜。维舟倚寒渚，水木多秋光。萧萧折葭苇，宿雁惊南翔。凭轩赋鱼藻，瑶琴发清商。疏星明碧波，微云绕河梁。临流慕佳景，幽赏无相忘。

题湖边折枝红叶

昔年天上倚云栽，玉露凋残亦可哀。今日湖边同折柳，万峰秋色入帘来。

答雪斋贻湘管笔

李白生花笔，风流今尚传。兔毫垂桂露，龙竹染秋烟。国破思文献，时危守简编。欲题云锦字，佳会渺何年。

咏云麓侍讲家黄杨开花同章一山左丞作

君不见香水院前引驾松，斧斤断折青芙蓉香山引驾松，金章宗所封，近遭剪伐。又不见玉泉山中古双栝，凋残乃与忠樟同。黄杨苦短性坚正，岁寒枝叶犹青葱。云麓光宣旧朝士，重彼凌霜寓微意。嘉木贞心可表忠，瓦缶移向前朝寺。崔嵬松柏皆后凋，尔独厄闰伤孤标。古来贤哲亦如此，蹈越忧患心烦劳。左丘失明有国语，屈原放逐为离骚。三百年后得此士，痛哭晞发君门遥。自我还山采薇蕨，独抱霜根守枯节。何以黄杨能作花，江上虚堂散春雪。

题湖边卧柳

经春尚摇落，凄怆似江浔。湖岸多风雨，何年起上林。

咏湖上黄柳

郁郁黄杨树，繁阴傍圣湖。贞心翻厄闰，天意果何如。裁轸文犹在宋朱长文黄杨诗『寸枝裁作轸，可助舜南风』，凌霜气自殊。岂同堤上柳，终作转蓬孤。

咏玉泉山岩下白榆

嘉木当春发，文禽日日来。树从天上种，叶向水边开。飞荚依灵沼，垂阴覆古苔。他年薄云汉，待起柏梁台。

将访章一山左丞津门阻兵画梅寄赠

闻道津门行路难，思君相隔碧云端。江山故国无春色，海峤孤臣守岁寒。落落浑如霜后发，冥冥疑向月中看。一枝远寄陶彭泽，独卧蓬窗汉腊残。

玉带桥西为乾隆时延赏斋故址，左右廊壁皆耕织图石刻，环植以桑。庚申之役鞠为茂草，斋廊石刻无复存矣

桑麻已尽柳青青，日暮褰舟过此亭。雨后西湖生蔓草，披寻不见射堂铭用唐孙樵事。

叔明弟自鬻冢臛相饷喜而有作

少陵天宝逢乱世，白日忆弟看云眠。与君咫尺若千里，卜居背郭殊风烟。子由洛下赋新笋苏子由《除日寄子瞻》诗：『同为洛中吏，相去不盈尺。浊醪幸分季，新笋可饷伯』，何况调鼎亲梅盐。只谓忧患识荼苦，鸾刀缕切惊饴甘。斯才小用已如是，割鸡之喻闻尼宣。时危嗟予季行役，仆痡室毁诚迍邅。亦同箪瓢在陋巷，士非有守谁能然。李勣燎须叹衰暮，所幸俱健非残年。天下之清信可待，会须夜饮开琼筵。

余去年隐居湖上，藏梨作醯，泥封月余忽成旨酒，饮之而甘。今岁复作，梨多转成醯焉。瞻依湖山感兴赋此

去年作醯醯成酒，瓶罂添泉夜呼妇。今年作酒酒成醯，寒原白露寻秋梨。满眼湖山对风雨，八月九月霜凄凄。我生之初蒙召见，拜舞曾上排云殿儒生五月，蒙赐头品顶戴，随先祖恭忠亲王入朝谢恩。三岁复召见，离宫赐金帛。岂图未报君亲恩，徒望龙髯泣弓剑。曾祖成皇御宇日，垂裳已定西陲乱。俭德频闻补御衣，减膳还传罢宵宴。百年世变国步移，万姓何罪悲流离。殷忧启圣信帝理，天道剥复谁能知。他时收京复神器，扬觯前曰儒饮斯。尼父千钟且不醉，舞阳卮酒安足辞。

蟛蜞

蟛蜞寄文蛤，托身比华屋。俯仰一宇宙，饱食同龟伏。海上避沙鸥，波间免鱼腹。譬彼林下士，幽居傍岩谷。明哲在知机，乱世远忧辱。

水母

水母虾为目，浮沉沧海中。蓬蓬挂苹藻，泛泛随西东。一朝为人得，鼎俎待其躬。见危而不持，潜去无余踪。焉用彼为相，君子慎所从。

珊瑚

沙虫何时化，昭王南征时。焉知变玉树，袅袅交柯枝。石崇金谷园，汉武昆明池。平生一片藻，身后连城资。明时虽见重，朽骨安能知。

乌贼

乌贼游浅沼，喷墨保其躯。海客引舟楫，遵墨以求鱼。小智祸之媒，其智将何如。矫矫潜渊鳞，冥冥远江湖。化为鹍与鹏，扶摇上云衢。

古矢镞歌

铁华绣涩朱殷结，云是沙场战时血。南风不竞多死声，秦舟已焚志犹烈。孤虚风变翼箕张，龙蛇之旗凌风翔，嬴秦以之毕六王。董泽之蒲金仆姑，穿杨贯札今何如。堕城争野战未已，高台转眼成丘墟。君不见胡公平生一斗镞，换得唐家千钟粟。弧矢不以威四夷，月黑天阴闻鬼哭。

瓦瓶行 出易水

蓟丘千山下寒日，高台倾尽黄金空。燕姬蛾眉委霜草，谁怜断绠悲秋风。百战幽燕变陵谷，世移代异出何晚。不见荆卿督亢图，登车一去无时返。

古缶行

渑池之会古未有，赵王鼓瑟秦王缶。搏髀呜呜真秦声，斯也取谏言何丑。丙寅此器出咸阳，建初之尺七寸强。文如峄山变诅楚，望之非晋非齐梁。虎踞龙腾重八分张怀瓘《八分书赞》：『龙虎腾踞兮势非一』，旂人埏埴典刑存。谶兴无复西京古，祇祝延年利子孙。

小镜圆径寸，铭曰『位至三公』，盖汉镜也

小镜出秋水，茫茫汉魏年。明如四更月，圆若五铢钱。凤舞金闺里，龙盘玉殿前。不因朱绂系，飞去彩云边。

大风寺楼登望

朔雁避荒碛，苍然望洲渚。元阴盘烈风，八方尽无雨。崩云势欲奔，惊沙来不已。诵彼云汉诗，应龙何时起。

宿广化寺寄章一山左丞

朝搴法苑花，暮泛沧洲枻。连林转云路，华池潋澄碧。冥冥玉绳高，落落瑶殿夕。庭际俯乔松，斯焉乐泉石。伊人不可期，临风坐相忆。眄彼孤飞鸢，芳洲起寒色。

孟春至广化寺

青阳变寒节，春鸠止乔木。遵渚归鸿雁，空塘波始渌。灵境响云旗，松风动华烛。濯波怀八水，空桑懔三宿。高僧迹遂远，残碑泯芳躅。

咏广化寺楸

嘉木生初地，凌云上寒空。缤纷疑只树，瑶影多清风。落日在虞渊，流彩如垂虹，霜根托净域，生意终无穷。岂若江边桑，转烛随秋蓬。

广化寺禅院望月怀湘中刘腴深遗民

灵苑川上净，双树云中开。珠林秘宝笈，贝叶纷华台。天宇无纤云，皓月空徘徊。君书似黄鹤，邈然殊未来。鸿雁日已远，瞻望心悠哉。

题锦菱塘在广化寺前

方塘开净域，景物宜清秋。蒹葭皎如雪，川上日悠悠。垂杨傍斜岸，芙蓉散芳洲。曹溪古时水，今日犹东流。虚空望云树，倒影波中浮。西涯不可极，登临翻百忧。

题广化寺壁

夕舟缆宿莽，鸣钟度林樾。寒殿回松风，瑶阶上华月。杨柽发洲渚，零露滋薇蕨。百年兹始坛，碑铭缅前哲。揽衣耿不眠，庭花皎如雪。

赠陈紫纶太史

（按，此首有题无诗）

玉山上人凿池种莲赋诗题赠

汲水僧云集，疏塘榛乱沙。何时秋浦月，来照镜中花。碧树圆阴合，朱楼倒影斜。心悲陵谷变，犹见梵王家。

乱云

乱云天易霁，水色潋余霞。一院春将去，双楸病尚花。癯僧犹住锡，孤客已无家。惟有萧萧柳，临风送暮鸦。

古剑行

剑铭鸟篆文四字在其腊。以周尺度之，长三尺，上士之所服也

昆吾刻篆盘蝌蚪，三尺龙泉作雷吼。垂虹流火埋青苍，湛卢去国韬辉光。春秋诸侯无义战，上士之剑应潜藏。虎跃蛟腾何若此，百炼真疑欧冶子。莫赠壮士西入秦，奇功不成但空死。碧落秋高北斗悬，浩歌弹铗心茫然。年年故国悲乔木，风雨凄凉宝剑篇。

高句骊永乐好大王墓砖歌

句骊河水辽西东，边沙卷地生寒风。鼓鼙声断战士死，沧江碣石青蒙蒙。三韩城郭邈

何处，遗民尚识君王墓。祖龙幽宫焚野火，王乔剑去翔狐兔。灵鳌负石勒功勋，驱师迅扫如风云。岂知五胡乱天纪，永嘉南渡何纷纷王生于甲戌，当东晋孝武帝宁康二年，三十九实东晋安帝义熙八年也。川沸山崩无复有，荒原断甓安能久。空教山岳祝王陵，百战奇功应不朽。

咏春信侯铜斗 并序

右汉春信侯铜斗，柄铭八字，曰『春信家铜斗，重十两』。今权四两二钱。《金石契》：汉建昭雁足鐙铭曰『阳平家』。《钟鼎款识》有周阳侯家钟、武安侯家钫。此盖春信侯家器也。考《汉书》王子侯表、功臣外戚侯表、郡国志皆未见，赖此铭记以传之耳。既拓其文并系以诗。

铸岂封侯日，铭思获鼎年。空余春信字，班史久无传。

咏齐砖

祖龙昔年制四海，长城远挂临洮边。蓬莱三山渺何处，东溟碣石悲苍烟。泰岳之碑碎如斗，峄山野火嗟无传。岂若大风表东海，百代晚出齐时砖。蛟舞惊雷起幽蟄，龙光夜射辉星躔。汉京文字比麟凤，况乃赤帝歌风前。赞皇岐阳典刑在，下视急就凡将篇。谁从琅邪得圭璧，岱宗空望浮云颠。

咏晋元康镜

碧绕回文字，铅华色已陈。应怜一片月，曾照晋宫人。省识春风面，空生罗袜尘。似伤南渡恨，光彩散江滨。

楚考烈王剑歌

大王质秦如不归，终为咸阳一布衣。归来纳地虽王楚，不如群臣立贤主。东迁避秦国亦亡，至今南望悲潇湘。夷陵云梦不复有，空教铸剑从前王。短歌弹铗思楚舞，六国兴亡已千古。深宵拂拭碧光寒，破壁龙吟挟风雨。

读朝鲜李季皓参赞墓碑感赋

渡江相送白衣冠，故国秋高木叶寒。汉水旌旗连百济，韩陵风雨泣千官。孤忠报主今谁继，大节如公古所难。欲哭荒坟何处是，殊方遥望海云端。

暮春客舍见月

楼上悬明月，清光愁煞人。空阶花正发，寂寞不成春。暗度珠帘影，寒消玉镜尘。华筵罢歌舞，团扇与谁亲。

松筠庵拜杨忠愍公祠

遗庙春残竹径荒，古楸无叶立空廊。杜鹃啼血东风晚，落日花飞谏草堂。

西山道中

振衣陟危巘，御风何泠然。郁郁瞻北林，落落晨风悬。长松遥蔽亏，茅屋青崖巅。连峰隐寒日，石磴飞秋烟。采蘋履白石，涧水来无边。林皋脱木叶，倚杖听鸣蝉。

秋登西山寄苍虬

千峰抱秋色，荦确连回冈。松际六朝寺，万古云苍苍。斜日照平湖，倒影飞清光。桑□来马邑，河岳正相望。登高送归雁，远度关山长。

题极乐峰西壁

危嶂倚金天，峭削开青壁。祝融火其峰，洪炉炼岩石。嵂崒逼青霄，荦确接空碧。飞鹏六月息，垂云剑霜翮。冰河驱赤道，峨峨雪千尺。洪荒变日月，今古殊寒灵。坤炎震陵谷，冈峦尚龟坼。安得御长风，泠然从所适。

忆劳山旧游

我昔蹈东海，与客山中过。嵚崟眺石径，宿雾连庭柯。翠竹倚峻巘，连林蔽岩阿。挂帆逐海日，孤屿扬洪波。云际下奔瀑，百尺倾银河。言怀赤松子，落月生烟萝。

洹上小鼎歌铭在鼎腹，象束矢形，商器也

洹上小鼎苔华坚，沙萌水涸三千年。太华之峰霁秋雨，崚嶒翠色横长天。盘庚所弃民所迁，茫茫不辨洛与瀍。莘兮桐兮无处所，神龟化骨如云烟。岂无虫书与鸟迹，文献不足安能诠。德之体明虽小重，巍哉泗鼎潜深渊。

客舍闻雨书怀

河汉流蟾影，天风折桂枝。萧萧闻夜雨，历历近秋期。落叶悲孤客，残灯照病姬。念情对雏凤，艰瘁尔何知。

登劳山望东海

崇岩临碧殿，幽壑俯琳宫。招鹤逢黄石，骖鸾向赤松。灵旗随五凤，宝幰御双龙。击

鼓闻屏翳，搴波识海童。挂帆摇落月，激岸舞回风。极目沧溟远，茫茫思禹功。

咏画屏风

画屏春欲晚，金屋日初斜。阆苑三珠树，河阳一县花。宝钗雕舞凤，云髻绾灵蛇。只疑刘碧玉，还上七香车。

咏童子陈宝凤

陈宝凤九岁已毕五经

小玉出蓝田，临风栩栩然。未盈怀橘岁，更少舞云年。弱质当春柳，娇容破水莲。赋棋逢盛世，咏壁景前贤。异日崇明德，思予歌凤篇。

芦根行

季秋卧病栖衡门，天寒童子寻芦根。引竿移舟荡秋水，枯楂碍涧愁黄昏。荒渠蒲叶战风雨，野鹜随月投空村。根深乃在水中沚，涉水拔芦根始起。重之应比青琅玕，匪惜芦根惜童子。

湖上九月霜落草衰，童子陈宝凤入林劚山姜熟而饷余，为作劚云图并系以诗

湖上西风送雁群，秋霜一夜满河汾。猿声啼断枫初落，童子空山劚白云。

寒玉堂集卷下终